ADOLESCENTS.CAT

EL MANUAL 2

laGalera 50

Primera edició: octubre del 2013

Redacció d'*Adolescents.cat*
Roger Carandell i Viñals @rcarandell
Ernest Codina i Roca @ernestcodina
Alba Martínez i Carreres @LaBabilababi
Alèxia Salvà i Escardó @alexiasalva
Alexandra Pau i Gubert @dimdofinel

Col·laboradores
Núria Codina i Forcada
Clara Lapiedra i González

Assessorament psicològic
Elena Crespi

Disseny
Book & Look

Maquetació
Endoradisseny

Edició
David Sánchez Vaqué

Coordinació editorial
Anna Pérez i Mir

Direcció editorial
Iolanda Batallé Prats

Adolescents.cat i la Galera volen agrair la col·laboració de: Josep Lobató, l'equip de Happy FM i tots els lectors i lectores d'*Adolescents.cat.*

La Galera, SAU Editorial
Josep Pla, 95 – 08019 Barcelona
www.lagalera.cat
lagalera@grec.cat

Imprès a Limpergraf
Mogoda, 29-31. Pol. Ind. Can Salvatella
08210 Barberà del Vallès

Dipòsit legal: B-19.877-2013
Imprès a la UE
ISBN: 978-84-246-4881-7

PRÒLEG

De vegades, estirat al llit de la meva habitació em passen pel cap mil preguntes. L'adolescència és una etapa on sovint no sabem quin camí agafar, on ens sorgeixen dubtes que no sabem qui ens els pot resoldre.

L'adolescència és un moment on s'han de fer bogeries, on toca experimentar i segur, segur que toca enamorar-se. Recordo quan em vaig enamorar per primera vegada... Els ulls et brillen quan veus aquella persona, et poses nerviós i amb prou feines surten les paraules. El primer petó, conèixer els seus pares, la primera estona a soles a l'habitació... Potser en aquell moment encara tens més dubtes... Sí, m'he enamorat. Un cop, però ho he fet. Va ser molt bonic. T'arriba quan el destí ho vol, no quan ho decideixes tu. Passa quan aquella persona et deixa totalment cec, quan no pots pensar en res més que no sigui ella. Sincerament no sabria com definir l'amor però el que sí que puc dir és que és un aspecte importantíssim de la vida, sobretot en l'adolescència. L'amor ens deixa atontats, ens fa ser sensibles, sentir-nos tristos o ben feliços. I les coses no sempre surten bé. El meu consell: per molt malament que acabi una relació, sempre has de buscar les coses positives d'aquella persona. Jo ho he fet i funciona ;).

He hagut de parar d'escriure un moment perquè la meva mare m'ha cridat des de la cuina perquè reculli l'habitació, endreci el menjador i pari taula. I és que faci el que faci sempre em queden coses pendents. No ho entenc. Sé, però, que tot i les bronques, els meus pares volen el millor per a mi.

L'Adolescència és també l'amistat. Els bons amics es poden comptar amb els dits d'una mà. Un bon amic és qui t'escolta i t'aconsella però també qui et diu les coses dolentes. De fet, una de les millors experiències que he viscut fins ara ha estat tenir al costat unes magnífiques persones, tant joves com grans, que m'han ajudat a ser feliç fent el que m'agrada. La felicitat és l'objectiu que ens impulsa als adolescents a viure cada moment amb la màxima intensitat, com si el temps se'ns escapés de les mans. Les he passat de tots colors, però si amb una cosa em quedo és amb l'experiència que cada moment és únic, irrepetible i especial.

Però el que més valoro és que la gent m'estimi com sóc i sobretot respecti tot el que m'envolta. No ens adonem de la sort que tenim de tenir una família que es preocupa per nosaltres i que sempre estan al nostre costat per TOT. De vegades voldries ser més gran per no haver de seguir les seves normes. Segur que has hagut de sentir allò de «Quan siguis més gran ja faràs el que vulguis...» Però per què ser gran? A mi personalment m'agradaria tornar a l'adolescència els cops que vulgués al llarg de la meva vida.

Mikel Iglesias

ÍNDEX

- El que posa més nervioses les noies quan comencen una relació
- Com fer que el xixa-amic/ga s'enxoxi de tu
- Aliments que NO has de menjar mai abans de liar-te amb algú
- Els 10 manaments dels solters
- 7 tipus de nòvies que existeixen de debò
- Coses que creus que et fan ser una megapivon però que a ells no els agraden
- 5 secrets que les noies mai confessarem
- 7 errors de parella típics de les noies
- Les 5 mentides que diuen totes les noies
- 10 coses que les noies valoren moltíssim dels nois

LES NOIES

Si hi ha tres preguntes que es fan cada dia les noies, són aquestes: Què fa aquella criticant-me? Per què el noi que m'agrada suda de mi? Què em poso demà? I és que les amigues, les enemigues, els nois i la roba són les seves grans preocupacions. Però tot i que es passin la meitat del dia criticant-se entre elles, buscant el seu príncep blau i dient que no tenen roba, en el fons són unes grans amigues, unes romàntiques i unes presumides que saben treure el millor d'elles mateixes i deixar-los a tots meravellats. Així són elles i precisament per això ells cauen rendits als seus peus.

Noi, en el moment que passis aquesta pàgina, descobriràs el fascinant univers femení. Segur que ho vols fer? Només t'hem d'advertir que a partir del moment que ho facis, començaràs a entendre moltes coses que fins ara t'havia estat impossible comprendre i pots quedar-te en estat de shock. També és veritat que això et permetrà saber molt més sobre elles i tenir més recursos a l'hora de relacionar-t'hi. Va, vés a la pàgina següent que te'n mors de ganes!

I les noies, en el moment de passar aquesta pàgina és molt probable que no pareu de dir-vos a vosaltres mateixes «ostres, és veritat això... I això també...». I és que encara que unes sigueu rosses, les altres morenes, unes baixes i les altres altes, teniu una cosa en comú; que sou noies. I les noies sou així... (hauràs de seguir llegint per descobrir-ho).

El que posa més nervioses les noies quan comencen una relació

El moment de començar una relació és molt bonic, papallones a la panxa, *happy flowers all day*... Però també hi ha molts nervis! Aquí us descrivim algunes de les coses que fan posar més nervioses les noies quan comencen una relació:

1. El primer petó.
2. Menjar amb ell per primera vegada.
3. Entrar per primer cop a casa seva.
4. Conèixer els seus pares.
5. Anar a una festa on hi ha els seus amics i que et presenti.
6. Quan et diu coses boniques mirant-te als ulls.
7. Dormir junts per primer cop.
8. Quan el veus per primera vegada en calçotets.
9. Quan al principi et posa la mà a la butxaca del darrere tot caminant pel carrer.

Noies, en voleu afegir alguna més?

COMENTARIS:

To'reshu
:D!
Quan poses al Facebook que estàs en una relació i tothom et comença a acribillar a comentaris... fins i tot la família... Mareee, quina vergonya!

Mariannn
Hhehhheh
Tot i que hi ha moments de nervis, de vergonya, de «tierra trágame»... el principi d'una relació és el millor! Les primeres pessigolletes són superespecials :)

total
......buh
Ha, ha, ha, que bo! Estic començant la meva primera relació i, tot i que hi ha alguns punts de la llista que encara no he fet, m'hi sento superidentificada! Lo que s'ha de fer...

jisjiiss
:PP
No s'ha d'anar amb vergonya ni nervis pel món! Hem d'anar decidides per la vida; noies, res de mosquetes mortes! Ha, ha. Ok, jo també ho vaig passar malament els primers cops...

Com fer que el xixa-amic/ga s'enxoxi de tu

Quedeu sovint, us enrotlleu... però... VOLS UNA RELACIÓ SERIOSA AMB ELL/A JA! T'agrada molt, però saps que si l'hi dius la cosa pot acabar malament... Vols saber com pots enamorar el teu rotllet?

1) **NEGA SEMPRE QUE TE N'ESTIGUIS ENXOXANT:** Si ell/a nota que tu vols alguna cosa més, pot ser que s'espanti.

2) **FES-TE EL DUR/LA DURA:** No cal que facis mans i mànigues per quedar amb ell quan en realitat tens altres compromisos. Això a la llarga es nota!

3) **FES QUE ET CONEGUI SUPERBÉ:** Que no tingueu vergonya l'un de l'altre, que sigueu superamics i digueu sempre el que penseu de l'altre. Si realment se sent a gust al teu costat pot ser que no et deixi escapar.

4) **CUIDA'L:** Que sigueu xixa-amics no vol dir que no li puguis donar una mica de carinyo ni ser romàntic/a.

5) **SORPRÈN L'ALTRA PERSONA:** Fes coses que ell no s'esperi de tu... Des d'una cita superpicant i pujadeta de to a acompanyar-lo al dentista o a passejar el gos.

6) **PASSA ESTONES AMB ELL:** Si intentes que a més del teu amant sigui amic i confessor ja t'hauràs convertit en una persona superimportant a la seva vida i tindràs 1.000 punts per acabar robant-li el cor.

7) **CONEIX ELS SEUS AMICS I FES QUE ELL TAMBÉ CONEGUI ELS TEUS:** Pot ser un bon pas per començar... alguna cosa bonica?

COMENTARIS:

Belieber
Heeeey
Les ties tenim el problema que de seguida ens pillem, mentre que els tios un bon polvo i cap a casa... Argggg, ràbia!

Piiiiiip
Dkfjgsjfr
És molt difícil poder separar els sentiments de les relacions sexuals, jo per molt que ho intento no sóc capaç d'enrotllar-me amb algú i no sentir res per ell! I al final sempre ho acabo passant malament :(

MONO
Pfff
És cert que les ties us pengeu de seguida, però heu d'entendre que nosaltres, els nois, tenim la necessitat vital de «fer l'amor»... Una xixa-amiga és genial fins que s'enxoxa, llavors tot canvia.

Oix,oixxx
:))
A mi em va passar una cosa així, em vaig pillar moltíssim però per sort vaig poder conquistar-lo! I sí, mitjançant la majoria d'aquests consells... funciona, en dono fe! Hahha :D

Aliments que NO has de menjar mai abans de liar-te amb algú

No hi ha res més repugnant que liar-te amb algú i notar què ha menjat aquell vespre. Tot i que et rentis les dents a fons hi ha aliments que hauries d'evitar si vols tenir una vetllada superromàntica...

- **CEBA:** La ceba és un ingredient que costa de digerir i que de vegades pot repetir...
- **ALL:** Un altre ingredient punyeter. Res d'allioli... que l'alè no es treu ni amb xiclet ni rentant-se les dents!
- **KEBAB:** UFFFFF! I encara menys si té salsa picant i és dels carregadets... El/la pobre/a estarà menjant kebab tota la nit...
- **CRISPETES, GALETES O ALIMENTS QUE ET QUEDIN TROSSETS ENTRE LES DENTS...** No vulguis que s'empassi un trosset que t'ha quedat allà estancat.
- **ALCOHOL:** Deixa un alè horrible a llarg termini, tot i que al principi sembli agradable.
- **ALIMENTS PESATS:** Mandonguilles o aliments adobats i elaborats.
- **PICANT:** El menjar picant no només et pot deixar un alè de mil dimonis sinó que també et pot fer anar de ventre durant la teva cita...
- **ALIMENTS AMB OLOR FORTA:** Tonyina, sardines, xoriço...

Us heu trobat mai, en fer un petó a un tio/a, que faci gust de...????!!!! Quin alè us molesta més?

COMENTARIS:

ksddas
:DD
En definitiva: NOIS, NOIES, si aneu a una festa i teniu previst liar-vos NO SOPEU! I tots contents :D

Bffff
:S...
No m'ho recordis!! Vaig tenir una cita amb el noi que m'agradava, vam anar a sopar a un kebab i just a l'acabar ens vam liar per primer cop... Vam haver de parar!! Mare meva, quin fàstic! Sort que ens ho vam prendre amb conya, vam menjar-nos un gelat i la cosa va canviar... xD

Volsdirr?
Jejjjee
Lo de l'alcohol no ho tinc molt clar eh... Què és un lio sense uns quants cubates? No, no, a això sí que no hi renunciaré! :P

^^^^
kukkaaa
Jo em vaig comprar un esprai comestible que té gust a xuxe i sempre que surto de festa me'n tiro una mica a la boca... Es queden tots flipant, deixa un gust superbò!! Us ho recomano, així no cal patir amb què o què no hem de menjar...

@

Els 10 manaments dels solters

No tenen parella i, en alguns casos, no en busquen. Els uneix un codi intern d'actuació per «caçar les seves preses». Els solters són una espècie catalogada amb una pauta de comportament que segueix aquests manaments:

1. Sempre diràs que **estàs solter perquè et dóna la gana.** D'ofertes, no te'n falten.
2. Tindràs una **agenda plena de telèfons per satisfer les teves necessitats de «carinyo».**
3. Disposaràs d'un **grup d'amics solters per organitzar grans nits de cap de setmana.**
4. Procuraràs **no posar-te enmig d'altres parelles i provocar l'adulteri d'una tercera persona.** (Sempre que sigui possible, és clar.)
5. El **diumenge de ressaca, descansaràs.**
6. No diràs el nom de **Torrente** a la lleugera.
7. Desenvoluparàs un **GPS intern per detectar els grups de noies solteres.**
8. **Entomaràs les carbasses i «cobres» de bon grat.**
9. **Mai li diràs a la teva mare que has quedat amb una xurri; sempre amb un amic.**
10. **Sempre portaràs un condó a la cartera** pensant que el faràs servir aviat.

COMENTARIS:

No...
:((
M'acabo de quedar soltera després de set mesos de relació i estic intentant prendre-m'ho positivament... Potser sí que teniu raó, molta gent em diu que estar solter és genial! La veritat és que aquests manaments m'han convençut bastant... hahhah.

HEYYY
Jsjsjs
Clar que sí! Jo no penso renunciar a la meva solteria per res del món! Saps lo bé que s'està sense compromisos? Oh, la glòria!

Ppppp
...!
A mi també m'agrada molt la solteria, només he tingut una relació a la meva vida i tot i que en tinc molt bons records, quan arriben els problemes es passa molt malament... La veritat és que no hi ha res millor que no haver de dependre de ningú i tenir llibertat absoluta!

7 tipus de nòvies que existeixen de debò

Perquè tots coneixem una nòvia manipuladora, una altra que tracta el seu xicot com si fos la seva mare, o bé la típica que es passaria el dia enganxada al seu xurri amb "pegamento". Quins tipus de nòvies hi ha?

- **1. LA «MAMITA»:** Tracta el seu xurri com si fos un nadó. L'estima, el cuida, però també el sobreprotegeix. Domina la relació i ell es deixa. És com una segona mare per al seu nòvio.

- **2. LA CARAMEL:** És tan dolça que de vegades pot resultar fins i tot empalagosa... Li agrada estar com més a prop del seu nòvio millor.

- **3. LA GALLINA:** Munta uns pollos que flipes!!! Sempre li està retraient al seu xurri que voldria veure'l més, que suda d'ella, que patatim i patatam... De qualsevol problema en fa un pollastre!

- **4. LA CONTROLADORA:** Gelosa a més no poder... Vol saber sempre on és el seu nòvio. No li mola que ningú més miri el que és seu i fins i tot li ha arribat a caure com el cul alguna «amigueta» (com li diu ella) del seu nòvio.

- **5. LA PASSOTA:** Si el seu xurri li truca per quedar, de guais; si no ho fa, també guai. Normalment aquest tipus de noia té 3.000 coses a fer. No és gens gelosa i li dóna llibertat total al seu xicot.

- **6. LA QUE HA ENVIAT EL SEU CURRÍCULUM A PIRENA:** És perra, perra, perra... No diu mai que no a una altra oportunitat que li sorgeixi (de vegades s'oblida per complet que té nòvio...). Les banyes del seu xurri es veuen des de Google Earth.

- **7. LA BONA ACTRIU:** Fent morritos i males cares aconsegueix el que vol i quan ho vol. Fa xous molt ben interpretats i sempre s'acaba sortint amb la seva.

ATENCIÓ: Tots aquests perfils són estereotips. Són maneres de comportar-nos de moltes de nosaltres quan tenim nòvio. Moltes vegades ni ens n'adonem. Segur que molts i moltes de vosaltres sabreu reconèixer aquests comportaments.

COMENTARIS:

Ulaaa
^.^
Ha, ha, ha, que bo! La veritat és que és molt cert, jo en conec unes quantes, d'aquestes! És normal que totes sentim gelos o que de vegades exagerem el nostre comportament per aconseguir el que volem, però no cal flipar-se...

:c...
Carpediem
Jo crec que tots els extrems són dolents. La clau està en trobar el punt mig entre la «passota» que suda del seu nòvio i la «caramel» que no es desfà d'ell ni un segon... És complicat, però ja ho diuen, que entre el massa i el massa poc hi ha un lloc per la mesura justa!

Wtff
Cansines everywhere
Sóc noi i dono la raó al comentari de dalt. He tingut diverses relacions i he tingut nòvies de tot tipus, però ja us puc ben dir que amb la que m'està funcionant millor és la que em dóna la llibertat necessària però que alhora em cuida i es preocupa per mi...
T'estimo<3

Coses que creus que et fan ser una megapivon però que a ells no els agraden

Algunes vegades les noies ens pensem que com més maquillades, talons més alts i faldilles més curtes, més lligarem... Però no sempre és així! Hi ha algunes coses que a ELLS no els agraden!

- LES UNGLES MOLT LLARGUES. La manicura ens encanta a les noies. Ens encanta veure que anem amb unes ungles perfectes. Això sí, no s'ha d'abusar d'ungles llargues per molt arreglades que les portem. Hi ha nois que veure unes ungles massa llargues els és poc atractiu i fins i tot una mica desagradable.

- MASSA PERFUM. És molt important fer bona olor, però no cal tirar-se tota l'ampolla per sobre! Fer massa olor pot acabar creant rebuig! Poseu-vos-en la mida justa, ni poc ni massa.

- UN EXCÉS DE MAQUILLATGE. Igual que amb el perfum, s'ha de vigilar no passar-se amb el maquillatge. A vegades com més natural sembli, millor. Que es noti que vas maquillada però que tampoc semblis un personatge sortit del Cirque du Soleil!

- TALONS MEGAALTS. És veritat que els talons estilitzen i et fan unes cames precioses. És més, a ells els encanten les ties amb talons. Però, vigila, no et posis uns talons desmesurats i que et facin caminar com un gall dindi coix! Perquè després... bye, bye, glamur!

COMENTARIS:

:D
Sweetie
Jo estic d'acord amb el que diu la notícia, però després les que més triomfen són les típiques chonis que es caracteritzen precisament per ungles de quilòmetre, un pot de colònia barata per sobre, amb cinc capes de maquillatge i tacons de tres pams... Yo no entender :/

Buuh!
...dsfs
Tots els punts que heu posat són fonamentals per arreglar-se a l'hora de sortir, però controlem-nos... Hi ha una gran diferència entre l'elegància d'uns tacons decents i un maquillatge suau i la cutreria de passar-se tres pobles xD

Olakease
:SS
Però no ho digueu!! Si se n'enteren de que estan fotent pena amb aquestes pintes deixaran de fer-ho i ja no ens podrem enfotre d'elles! Que mítiques, les ties que van així pel món i es pensen que van moníssimes... :'))

Jajjaja
Q boo
Bueno, hi ha de tot, eh, jo sóc tio i al meu grup d'amics hi ha gustos per tot... A mi m'agraden les ties més senzilletes, naturals, en canvi n'hi ha que perden el cul per les típiques chonis de Pòdium megapintades que ensenyen les calces refregant-se contra la seva amiga! Com està el món...

5 secrets que les noies mai confessarem

Entre les noies tenim un llenguatge especial i alguns secrets que els nois mai podreu descobrir. Són tresors molt ben guardats i reservats al món femení, així que no cal que us molesteu a descobrir-los. Aquí en teniu 5 exemples.

1. EL QUE ES PARLA EN UN LAVABO ENTRE NOIES. Mai ho sabreu.

2. LES NOIES ENS TIREM PETS? QUAN ENS ELS TIREM? No ho sabreu mai.

3. PER QUÈ LES NOIES NOMÉS DE MIRAR-SE ES POSEN A RIURE I JA SABEN QUÈ ES DIUEN? És un altre dels secrets més ben guardats del món. Una capacitat innata!

4. COM FER-NOS LES INTERESSANTS PERQUÈ ELLS ENS VINGUIN AL DARRERE. Aquesta és una fórmula més secreta que la de la Coca-Cola.

5. COM HO FEM PER TENIR LA CAPACITAT DE POSAR-NOS MEGAPIVONS EN UNA CITA? Top secret.

COMENTARIS:

Heeesexylady

:DD

jajajajaj superbò! Quan fem un sopar d'amics i ens aixequem totes les noies alhora per anar al lavabo juntes, els nois es queden flipant jajajaj t'imagines que fos al revés, i que els tios entressin tots de cop junts al lavabo? Wahahaha

laiettaa

......

Okiii jo tinc un problema, sóc noia i encara no he descobert la fórmula per fer-se l'interessant i que em vinguin al darrere... Help...

Anònimmaa

***

Ha, ha, haaa, les noies tenim el nostre propi sistema de comunicació innat, i ningú més el pot desxifrar! Entre dues amigues, una simple mirada o un somriure equival a mitja hora d'explicació per a un tio ;) Que n'aprenguin!

Tiritiritiri

._.

els nois sempre es queden flipant pk les ties tenim la capacitat d'autotransformar-nos... Canviem moltíssim portant un monyo, sense maquillar i amb xandall que superben arreglades, el cabell suelto i un vestit amb taconazos! En canvi els nois sempre van igual...

@

7 errors de parella típics de les noies

Vols saber quins són els errors més comuns que fan que tinguem por de tenir parella i/o aconsegueixen ratllar-nos quan en tenim? Avui a Adolescents.cat et fem saber els errors més típics que cometem les noies!

★ **1. Tenir encara el nostre ex al cap:** El passat, passat està. Esborra-te'l ja del cap! No pensis que no et tornaràs a enamorar... TOT és possible!

★ **2. Pensar que algun dia trobarem el nostre príncep blau:** Això no és un conte de fades ni tu ets la Blancaneus. Benvinguda al món real. Ningú és perfecte ni tot serà com tu t'ho hagis imaginat.

★ **3. Esperar que vingui algú:** Per què no proves d'entrar-li tu a un noi que et moli? No esperis que sempre et vagin al darrere.

★ **4. Atabalar el noi que et mola:** Si es veu clarament que estàs més penjada que un fuet de Vic potser l'intimides. Intenta que no se't noti i que la il·lusió sigui mútua!

★ **5. Analitzar-ho tot:** Pensar que si t'ha mirat d'aquella manera és per això, que si t'ha dit allò significa allò altre... Prou d'analitzar! Gaudeix el moment!

★ **6. Quedar-te callada:** Segur que alguna vegada t'han preguntat què et passa i has contestat que res quan en realitat et passaven mil coses pel cap... No et quedis callada... Digues les coses ben dites, amb respecte i sense cridar.

★ **7. Negar els problemes:** Fer veure que no tens cap problema amb l'altra persona quan és evident agreuja encara més la situació!

Noies, heu comès mai algun d'aquests errors?

COMENTARIS:

//*//
anonnimaa
Em fa ràbia perquè sempre l'acabem liant nosaltres, les noies, tot el que fan els nois està bé però si hi ha problemes o malentesos ens les carreguem nosaltres... doncs no! La relació és mútua, així que els errors de parella són dels dos. PUNT.

JMR
...!
Si esperes a que arribi un noi especial a la teva vida ets una vergonyosa, si et llances a pel noi que t'interessa ets una tiracanyes... doncs, què?

:DDD
laiiaaa
jajjaja jo sóc molt de les que ho analitzen tot... però tot tot... les mirades, els reülls, els somriures, paraula per paraula, els mg de facebook, els emotioconos que utilitza, l'última connexió del whats... fins i tot la quantitat de "jaja's" que utilitza quan riu! Hahahaha stic traumada

...Ñ
<33
És molt difícil saber portar una relació a la perfecció, cadascú és com és i potser hi ha coses de nosaltres que no agraden a la nostra parella, però això no significa que cometem un error! Simplement mostrem la nostra manera de ser, i això és bo :)

Les 5 mentides que diuen totes les noies

Potser la majoria de noies us sentireu identificades amb aquestes frases. I molts nois també hi estareu d'acord. Són 5 mentides (petites) que les noies diuen algunes vegades sense mala intenció, però les diuen!

1. «NO TINC ROBA... UFFF...»: És la gran mentida! Les noies sempre tenen roba, el problema és que potser no troben res que els agradi, però l'armari, normalment, està a punt de rebentar!

2. «EN CINC MINUTS ESTIC!»: Frase que diuen elles des del lavabo mentre ells les esperen des de ja fa més de 20 minuts. Normalment aquests «cinc» minuts s'acaben convertint, amb sort, en mitja horeta.

3. «NO EM PASSA RES»: Quan li preguntes «què et passa?» i la resposta és «no em passa res», el 90% de les vegades és mentida i sí que li passa alguna cosa.

4. «NO ESTIC PREPARADA PER TENIR UNA RELACIÓ»: No sempre és mentida aquesta frase, però moltes noies la diuen per evitar que ELL es ratlli o s'espanti.

5. «SURT AMB ELS AMICS I PASSA-T'HO MOLT BÉ»: És una frase que ELLES diuen al nòvio bastant a contracor. És a dir, volen que s'ho passi bé, però molt en el fons... Aixx.... Ratlla una mica

COMENTARIS:

Certcertcert
Jejjjee
Les utilitzo amb moltíssima freqüència! De fet, avui mateix li he dit a la meva mare que hem d'anar a comprar més roba que ja no sé què posar-me, he quedat amb una amiga d'aquí a 10 minuts i encara vaig amb pijama, i el meu nòvio està por ahi amb la seva colla... no em fa massa bona espina, però si em pregunta si em passa alguna cosa evidentment li diré que no! Lo que hem d'aguantar, eh noies...

Mireyyaa
;;))
jajajja típiques mentirijillas de noies, per sort els nois ja les comencen a saber interpretar correctament, des del nostre punt de vista! Ara, si dius que no et passa res, saben que necessites almenys mitja hora de charla.

Cucuuu
^^
Almenys les noies som molt més delicades, perquè si no volem res amb un tio que està penjat de nosaltres, amb un «no estic preparada per tenir una relació» quedem la mar de bé; ara, si una tia va darrere d'un noi i ell suda, segur que no li dóna carbasses tan finament, seguríssim. Insensibles...

10 coses que les noies valoren moltíssim dels nois

Les redactores d'Adolescents.cat hem estat posant en comú els valors que més ens atrauen d'un noi. El resultat és aquest article! Ens hem deixat res? Què és el que més us agrada d'un noi? I no val que ens digueu que tingui un bon cul... xD

→ **1. QUE ESCOLTIN:** A les noies els agrada que quan tenen un problema o preocupació, ells **sàpiguen parar l'orella i donin una opinió** al més objectiva possible.

→ **2. QUE SÀPIGUEN CUIDAR:** És molt fàcil ser-hi en els bons moments, però quan hi ha un daltabaix és quan més es necessita el seu suport. **Afecte, mimos i una bona conversa són molt necessaris per poder tirar endavant.**

→ **3. QUE PROVOQUIN SOMRIURES:** Unes **rialles diàries són molt positives i ajuden a tenir un dia a dia més feliç.** En definitiva, tots busquem això: ser feliços.

→ **4. QUE SIGUIN PROTECTORS:** A tots ens calen suports en el nostre dia a dia. A elles els encanta sentir que poden comptar amb la seva ajuda quan la necessiten. **Sempre és millor superar les pors i els moments baixos «sota la teulada» d'un noi protector.**

→ **5. QUE SIGUIN INTEL·LIGENTS: Que diguin coses interessants, sàpiguen raonar, callar quan toca, afrontar els problemes del dia a dia.** Un valor que també associem a la iniciativa. Que tinguin certa autonomia.

→ **6. QUE ES CUIDIN ELLS MATEIXOS:** De mare ja en tenen una. **Que sàpiguen fer de tot i que no se'ls hagi d'anar al darrere en termes d'organització i autocura.**

→ **7. QUE SIGUIN RESPONSABLES: Que se'ls pugui deixar sols i atorgar responsabilitats.**

→ **8. QUE SIGUIN NETS I POLITS:** Ens agradi o no, **la imatge juga un paper fonamental perquè elles es puguin sentir còmodes.** Sens dubte, la higiene també és un punt positiu per a ells.

→ **9. QUE SIGUIN ESPAVILATS: Que sàpiguen moure's per la vida.** Això els permetrà tenir una posició social privilegiada, tenir **iniciativa** en el dia a dia de parella... A elles els encanta.

→ **10. QUE SÀPIGUEN ESTIMAR DE VERITAT:** Elles volen notar que hi són en tot moment, que el seu sentiment és correspost. Bàsicament, **cap dels punts anteriors té cap valor si no es compleix aquest últim.** Visca l'amor!

COMENTARIS:

Wooo

:D

Quin gran article! Li faré llegir al meu love, a veure si n'aprèn! De totes maneres, tot i que li falti polir alguns punts, crec que sóc prou afortunada de tenir un homenet així ::) <33

Olgggga

!!!

Ohh, m'estic imaginant un noi així... jo el vulllllll! Que bonic ha de ser compartir el dia a dia amb algú que t'escolta, que t'aprecia, que t'apoia, que t'aconsella, que et protegeix... i a sobre guapo i ben plantat!! ARGGGG. Att. Una solteríssima

Kpazaaaa

.

Doncs sí, és cert, les noies valorem moltíssim tots aquests punts, almenys jo, tot i que és molt complicat trobar un noi que els compleixi tots... gairebé impossible. Però no hem de perdre l'esperança, alguna dia trobarem el noi de la nostra vida, per molt que tingui algun defecte!

Quin és el teu tipus de noi ideal?

Pàg. 232

Confies en ell/a?

Pàg. 234

Saps estar sol/a?

Pàg. 236

- 4 coses que ells de veritat volen en una noia
- Típic perfil de tio que segur que et trenca el cor
- Què esperen els nois d'una primera cita?
- 10 coses dels nois que enamoren les noies
- També tenen complexos, els nois?
- 7 coses que els nois no entenen de les noies
- 10 coses que fan els tios i que no molen gens ni mica
- Les 5 coses en què es fixen més els nois de les noies
- Nois, què volem les noies quan sortim de festa?
- Les 5 coses dels NOIS que elles han de saber

ELS NOIS

Van de durs, es fan els «xulos» davant dels amics, presumeixen de moto, fan veure que no s'enamoren i que no tenen sentiments... Però encara que vagin d'aquest pal, elles es fixen en ells. És cert que potser no són molt detallistes, els costa combinar uns simples pantalons amb una samarreta i un partit de futbol es pot convertir en la cosa més important del món. Però a part dels seus defectes, també tenen habilitats: són capaços d'enamorar-les i fer-les sentir les persones més especials del món. Ara, també és cert que posseeixen una gran habilitat: fer-les enfadar i fer-les patir.

- En les properes pàgines, les noies podreu entendre una mica més com funciona el cervell dels nois i, problablement, trobareu respostes a aquelles preguntes que tantes vegades us heu fet amb les amigues assegudes en un banc o damunt del llit a l'habitació.

- Si ets noi, no podràs evitar somriure mentre llegeixes aquest capítol. Segurament et sentiràs identificat en moltes de les coses que llegiràs i descobriràs algunes actituds o comportaments que desconeixies de tu mateix!

4 coses que ells de veritat volen en una noia

Les redactores hem parlat amb uns quants nois, entre ells els redactors d'Adolescents.cat, per saber què és el que realment els importa als nois de les noies. Veuràs que algunes de les coses que menys t'imagines són les que més valoren ells!

1. UNA NOIA QUE ES CUIDI:
A la majoria de nois els agraden les noies femenines, que es cuiden, que els agrada vestir bé, que són presumides...

2. UNA NOIA AMB PASSIONS I SEGURA:
Que tinguis les teves pròpies conviccions els agrada molt. Una noia amb passions, amb coses que la motivin i capaç de defensar el que més li agrada. Això els posa molt tontos :D

3. UNA NOIA QUE ELS DONI SUPORT:
Encara que molts nois vagin de forts i supersegurs per la vida, també necessiten el suport d'una noia. Sobretot a l'hora de prendre grans decisions!

4. UNA NOIA QUE ELS FACI ELOGIS:
Els encanta, i molt, que la noia que els agrada o la nòvia els digui que han fet alguna cosa bé. No cal que menteixis, eh! Però de tant en tant, si l'hi dius, li faràs pujar l'autoestima ben amunt i veuràs que està de més bon humor!

COMENTARIS:

doneu-me consell adolescents.cat siusplau

gericooper

estic sortint amb una noia, quan li vaig demanar sortir em va dir que sí, però que no ho digués a ningú, diu que és perquè li dóna vergonya, però si no els hi dic,els meus/meves amics/amigues s'enfadaran amb mi. Com puc fer per convence-la de que no tingui vergonya i que els hi pugui dir als meus amics? Gràcies, adolescents.cat

mmm...

Paula

Pots plantejar-li la idea de fer cites dobles o que vingui amb la teva colla un temps. Potser després pensa que són simpàtics/ques i es decideix a di'ls-hi.
No sé si et serveix :)

@

wjwjjw

:))

El físic és important però ja et dic jo que només sentint-te atret per com és l'altra persona físicament no vas enlloc. El que realment es valora amb el temps és el seu caràcter, la seva manera de tractar-te, la personalitat... I és cert que jo, com a noi, valoro moltíssim en una noia els punts que heu posat a l'article, tot i que no hi ha gaire gent que els compleixi!

Típic perfil de tio que segur que et trenca el cor

Quantes vegades li has dit a la teva amiga que aquell tio no li convé perquè és el típic, típic,típic trencacors, segur! Quantes vegades t'ho han dit a tu i has ensopegat amb la mateixa pedra? Et donem els perfils clàssics de tios que és molt segur que et trenquin el cor...

- **1) EL VENEDOR DE FUM:** T'omple el cor de paraules boniques, de t'estimo, de em fas molt feliç. Sap com ensabonar una noia i utilitza les seves paraules maques per conquistar-te. No saps com s'ho fa però sempre et dóna el que vols i això t'encanta. El perill és quan ell fa tot això amb l'únic objectiu de fer-te la seva presa i que et pugui tenir només quan ell ho vulgui.

- **2) EL XULO PISCINES DE TORN:** El seu punt de «malote» és irresistible. Atractiu, descarat i xulo a més no poder!!! Es creu guapo, però és que ho és! Et torna completament boja quan et vacil·la d'aquella manera que tan bé sap fer. PROBLEMA: Acabes fent sempre el que ell vol!

- **3) EL QUE SEMBLAVA UN MOSQUETA MORTA:** A simple vista el trobes un noi molt mono... incapaç de trencar un plat. En el moment menys pensat te la fot per darrere i et trenca el cor!!!! :(Fan força mal... perquè d'aquests tipus de noi no t'ho esperes!!!

- **4) EL CAPITÀ PESCANOVA:** Aquest no lliga... sinó que fa pesca d'arrossegament!!! Tonteja amb tothom qui li fa una mica de cas (a veure què cau).

- **5) EL QUE SUDA DE TU:** No hi ha res que faci més ràbia que un pavo sudant de la teva cara... Però què s'ha pensat!!!! Hola??? Existeixo!!! Eo??? No passis de miiiiii!!!!

- **6) EL QUE ÉS EL TEU MILLOR AMIC I PROU:** Tu vols més, però tens por de trencar la vostra amistat. Penses que el que sents per ell és amor... No ho vols espatllar, però tard o d'hora ho sabrà...

Us heu trobat amb un d'aquests tipus de trencacors? Quin altre perfil de noi creieu que existeix?

COMENTARIS:

...
Anònim...
El 3 m'ha trencat el cor a mi... de totes maneres, crec que qualsevol noi et pot trencar el cor, no hi ha cap "prototip" xD

hgrgth
Anònim...a
Doncs a mi m'ha tocat el 6, però encara no m'ha trencat el cor.

aldjflka
madlkflajl
El capità Pescanova, ooooh quina ràbia de tio. A tu et diu que t'estima, que sent algo per tu i que podríeu ser molts feliços, i tu fent-te il·lusions, mentres que va lligant amb tothom que es troba pel camí! Encara que sigui fea, si l'enganxa, zascaaa.

gggrrrr
:((
Per què sempre són els tios els que trenquen el cor i les ties són les que ho acaben passant malament? És que no tenen sentiments? Injustícies everywhere.

Què esperen els nois d'una primera cita?

Tothom s'ha equivocat, i més d'una vegada, pensant que algú era la persona de la seva vida i al final... patapam! Us deixem 7 claus per no equivocar-vos i saber si és o no la vostra parella ideal.

Sempre, sempre i sempre, **quan un noi va a una primera cita, hi va amb les ganes d'acabar enrotllant-se amb tu.** Això s'ha de tenir present, tot i que no sempre ho aconsegueixen!

Els nois normalment són més freds que les noies i bastant més senzills, així que no esperis grans detalls en una primera cita. És més, si veus massa mostres de carinyo, estigues alerta, podria estar intentant buscar rotllo només per un dia!

Si ell t'agrada i creus que té opcions de «triomfar», fes-l'hi saber. Moltes vegades no pillen les indirectes, així que coqueteja amb ell i sigues sensual però sense caure en provocacions fàcils. Que li costi una mica però que vegi que et mola.

COMENTARIS:

Alexxx

0.o

Sí que és veritat que els nois i les noies no portem les mateixes intencions quan tenim una cita, potser sí que busquem coses diferents, però tampoc cal deixar-nos com els dolents de la pel·lícula! També tenim sentiments, també ens volen papallones, també ens pengem... No només pensem en liar-nos amb elles, que consti ;)

Taylorswift<3

...((:

Hi ha nois de tot tipus, la majoria busquen rotllo o fins i tot sexe, però gràcies a Déu encara n'hi ha algun que creu en els sentiments!

Jejjjej

what's up?

L'últim punt és superdifícil. No has de ser massa llançada perquè ells s'espanten i es tiren enrere, però alhora has de coquetejar amb ell perquè pilli d'indirecta de que et mola sense saber directament que estàs pillada... Soltera forever.

10 coses dels nois que enamoren les noies

Tot i que a vegades són uns «cabrons»—amb carinyo—, ens encanten els nois perquè també són capaços de fer-nos sentir com unes princeses. Potser de vegades són massa simples o ens fan enfadar però... en el fons ens els estimem molt. Aquestes són les 10 coses que ens enamoren d'ELLS.

1. Els seus ulls ens poden enamorar fàcilment. Moltes noies valoren molt més la mirada que la tauleta de xocolata.

2. Tot i així, una bona tauleta de xocolata els fa caure la bava :D

3. Els bòxers apretadets que els marquin un bon culet... Són irresistibles!

4. Amb un somriure bonic i sensual es pot conquistar molt fàcilment una noia.

5. Un cos una mica marcadet vol dir que fa esport i... és supersexy!

6. Un noi segur d'ell mateix i amb decisió fa que sigui molt més interessant.

7. Una miqueta de barba. Hi ha noies que prefereixen que no s'hagin afaitat durant dos dies. És més «malote»...

8. Uns llavis carnosos poden arribar a ser molt sexys. I ja no parlem a l'hora de fer els petons, mmm...

9. La simpatia. Un noi simpàtic mola molt més que un que vagi de xulo o sigui supertímid.

10. El bon humor i fer riure les noies és una de les grans armes que els nois ja comencen a descobrir. Bàsicament perquè funciona!

COMENTARIS:

Chloé:))
_
Mentre llegia els punts m'anava imaginant un perfil de noi amb totes aquestes característiques i crec que m'he enamorat!! Jajaja malauradament n'hi ha molt pocs d'aquest tipus, ens haurem de conformar amb alguna coseta més accessible :P

Nuriii^^
...!
Jo crec que els punts més importants i fonamentals són els del caràcter. Un noi, per molt lleig que sigui, et pot arribar a conquistar amb el simple fet de fer-te riure. I no és maco, això!!

Belieber(L)
Jisjisjis
Aaaiii les miradetes i els somriures!! El tonteig és el moment més bonic i especial d'una relació, quan comences a sentir aquell «no sé què» que et fa estar-hi pensant tot el dia, i que et treu un somriure de cop sense motiu... aissss^^

També tenen complexos, els nois?

Tot i que sempre s'ha dit que les noies tenen més complexos que els nois, a ells el tema estètic els preocupa més del que alguns admeten. Aquí teniu els cinc complexos més habituals entre els tios:

1. ELS CABELLS. No només les noies estan sempre pendents del seu pentinat! Als nois els preocupa i molt. Sobretot el tema de quedar-se calbs de joves. Moltes vegades, en la intimitat del seu lavabo, s'amorren al mirall per mirar si les entrades avancen i creuen els dits per no ser calbs als 25 anys.

2. EL SOBREPÈS. Lluir una silueta sana i saludable i mantenir la línia també és una de les grans preocupacions dels nois. Molts s'apunten al gimnàs o fan esport per intentar baixar la panxeta o aquells quilets de més. Sobretot quan s'apropen vacances d'estiu!

3. L'ALÇADA I EL DESENVOLUPAMENT DEL COS durant l'adolescència. Sobretot durant l'ESO i el Batxillerat, molts nois es preocupen per la seva alçada o perquè el seu cos encara no s'ha desenvolupat del tot. El fet d'estar en època de creixement fa que molts nois facin el canvi abans que els altres. Això pot provocar algun complex per part d'aquells que el fan abans d'hora o també per als que van una mica més tard que la majoria.

4. LA VEU. Als nois se'ls nota molt més que a les noies el canvi de veu. De fet, molts d'ells viuen una etapa en què no poden controlar el to de veu i sovint se'ls escapen galls o afonies. Alguns s'ho prenen amb humor, però a d'altres se'ls pot fer un autèntic problema.

5. LA MIDA DEL PENIS. Entre nois hi ha una competència per saber qui la té més gran. Això pot provocar també complexos.

COMENTARIS:

...
AlessandrO:
Poc o molt tots hem passat per aquí... Ni que no ho sembli, la imatge també ens preocupa molt als nois i intentem fer el possible per mantenir un bon físic. Ho tenim més complicat que les noies perquè no ens podem maquillar, però es fa el que es pot! Jajja

Anoonimaa
Jejjej.
El meu germà petit està superavergonyit perquè cada cop que parla diu tots els sons menys els que vol dir... I nosaltres no podem evitar-ho i ens en riem, i ara diu que fins que no parem d'enfotre'ns-en es comunicarà amb nosaltres mitjançant notes de paper jajajaj pobret

Juliiii
[o_o]
Si les noies hem de trencar-nos el cap per estar perfectes, per què ells no? Si les noies plorem a llàgrima viva per depilar-nos, per què ells poden viure feliçment plens de pèls? Ah no, m'hi nego!!

Sdhfuf
----->>
Jo sóc un noi i la veritat és que tinc bastant de complex amb el tema acné... Fa uns mesos que m'estan sortint molts granets per tota la cara i no sé què fer-hi! Crec que aniré al dermatòleg, no vull que em quedi la cara marcada per a tota la vida... :SSS

7 coses que els nois no entenen de les noies

Voleu saber quines són les 7 coses que la majoria dels nois no entenen d'una noia? Avui et volem fer saber quines són aquestes coses que arriben més enllà del límit d'allò comprensible per a un tio!

- **1. Que la teva cartera sigui enorme:** Com pot ser si a ells els cap fins i tot a la butxaca?

- **2. Que ens canviem de roba una i altra vegada:** Per què ho feu si nosaltres de vegades ni ens fixem en com aneu vestides?

- **3. Que tinguem amigues i enemigues:** No en teniu prou a cuidar les vostres amigues que també necessiteu noies a qui criticar?

- **4. Que necessitem anar sempre arreglades:** Per què? No hi ha cap llei que us prohibeixi anar naturals i senzilles!

- **5. Que portem un parell de sabates planes al bolso:** No és millor posar-se plana ja des del principi de la nit?

- **6. Que ens depilem les celles i el bigoti:** Com podeu suportar tant de dolor?

- **7. Que odiem la pluja:** No podeu agafar un paraigua i ja està? Per què sempre heu de dir que se us bufa el cabell?

COMENTARIS:

Judiitt
:PP
Hahahahsupercerts!! Sobretot el de les sabates planes, el meu nòvio sempre que sortim de festa em fa la mateixa pregunta: «Un altre cop amb dues sabates?? Un dia t'hi faré anar descalça!». És que li faig guardar el bolso tota la nit a ell... T'estimooo, jajja

Anònniima!
^^
No poden entendre com podem suportar el dolor de depilar-nos el bigoti i les celles, però si no ens els depilem som la riota i ningú es fixa en nosaltres! Solució? XDD

Krlesss
¿¿??
Jo sóc tio i això de les amigues i enemigues sí que no ho puc entendre... O sigui, les ties van per la vida jutjant a les altres segons el seu punt de vista i qualificant-les d'amigues o enemigues, o com va això? Que si aquesta és una zorra, que si l'altra és una fresca... Als tios no ens passa això!

10 coses que fan els tios i que no molen gens ni mica

Quines són les 10 coses que no molen gens dels tios? Nois, hi esteu d'acord? Noies, quines són les que us molesten més?

- 1. QUE ES RASQUIN LES PARTS BAIXES: Si et pica no et rasquis! I menys davant meu, xaval!!

- 2. QUE ESCUPIN AL TERRA: Què passa... que perquè ho facin els futbolistes creus que tu també ho has de fer?

- 3. QUE ES TIRIN PETS I ROTS EN PÚBLIC: Cal? De debò? Te'n vas al vàter i ho fas...

- 4. QUE S'EIXUGUIN ELS MOCS AMB LA MÀNIGA: No costa tant portar un mocador de paper al bolso... Ah! clar... com que no en porteu...

- 5. QUE EL PRIMER QUE MIRIN D'UNA NOIA SIGUIN ELS PITS: Hola? Em pots mirar als ulls?

- 6. QUE EL SEGON QUE MIRIN D'UNA NOIA SIGUI EL CUL: Ehm, xato.. tu també en tens, d'això!

- 7. QUE DAVANT D'ALTRES TIOS ES FACIN ELS «MACHITOS»: A tu el que et passa és que ets un primo, nano!

- 8. QUE FUMIN EN ESPAIS INTERIORS I DONIN LA NOTA: No veuràs mai una noia fent això! Primer perquè ets tonto per matar-te lentament... i segon perquè és una falta de respecte cap als altres!

☒ 9. QUE SUÏN COM UNS PORCS I SE T'ACOSTIN: Les noies almenys quan fem pudor no ens refreguem i anem de seguida a dutxar-nos.

☒ 10. La 10 és per a vosaltres, noies... Què més hi afegiríeu?!

COMENTARIS:

Juliii
:DD
Oh per favor, quin horror! De veritat que no ho puc suportar quan els tios es planten de xulos, pam escopinada, ni et miren als ulls, van de malotes... va noi, deixa de fer el pamplines i comporta't com una persona decent!

Ainhoa:)
...
A mi el que no m'agrada dels tios és que sudin de tot a les classes, només facin que molestar i incordiar, no estudiïn gens pels exàmens i després tinguin el morro de fotre la copiada del segle i aprovar! Això les noies (en principi) no ho fem... Quina ràbia i quina jeta!!

Sdkgaskdf
Olakeasennn
A veure, no cal generalitzar, no tots mirem a les tetes i al cul...Tot i que reconeixo que hi ha molt de sortit pel món, encara en queden dels que mirem als ulls quan parlem amb una noia, com ha de ser :)

Les 5 coses en què es fixen més els nois de les noies

Noies! Segur que moltes vegades us heu preguntat quines són aquelles coses que els nois miren més de vosaltres, oi? Algunes ja ho sabreu, però un recordatori sempre va bé!

1. **ELS CABELLS**
   Miren el conjunt de la cara, però uns **cabells nets i polits** diuen molt de la feminitat d'una dona. Els nois s'hi fixen i molt.

2. **LA TEVA POSTURA**
   Sense tenir en compte cap més factor lligat a la constitució, el com **col·loques l'esquena i el front** poden aportar un grau més d'atractiu per als nois que et miren.

3. **LES TEVES AMIGUES**
   Allò de **«digue'm amb qui vas i et diré qui ets»**.

4. **LA TEVA BOCA**
   Els nois es fixen moltíssim en els llavis de les noies! **Assegura't de portar-los sempre ben suaus**; així t'assegures que tindran ganes de besar-los. Una loció hidratant per a llavis us pot ajudar.

5. **EL TEU SOMRIURE**
   Qui no es fixa en el somriure dels altres? **Que sigui natural, que mostri unes dents netes i blanques** farà de tu una noia encara més atractiva per als nois.

Nois! Ajudeu-nos a completar aquesta llista! En què us fixeu més d'una noia? Sabem que ens hem deixat algunes coses...

COMENTARIS:

Starrr*

...

Vaja, jo crec que sent directes en el que primer es fixen els tios és en el físic, tant la cara com el cos. A partir d'aquí ja comencen a fixar-se en part per part (llavis, cabell...) i, lamentablement, el caràcter és lo últim :((

Ulaa^

Laiidaa

Jo estic d'acord amb el comentari anterior, i em fa molta ràbia perquè considero que a les que no tenim un físic perfecte, que som la majoria, no ens donen ni l'oportunitat de demostrar el que valem, ja que al no sentir-se atrets per nosaltres ja no els interessa el més mínim la nostra manera de ser. GRRRR!!

Markkk

¿?

Doncs jo no hi estic d'acord. Bé que hi ha molts tipus de nois, però no tots trobem imprescindible un físic impecable. De vegades un caràcter et pot enamorar molt més que un cos d'infart o una cara bonica. Així que no us rendiu, noies, algun dia trobareu un noi que us valori pel que sou interiorment!!

Nois, què volem les noies quan sortim de festa?

Segur que a més d'un us haurà passat de sortir de festa amb la xurri o una amiga molt amiga i acabar vos engegant a la merda... Nois! Això és el que volem les noies quan sortim de festa amb vosaltres.

1. Volem que estigueu per nosaltres: Si sortim amb vosaltres no és perquè ens deixeu de banda i aneu amb els vostres amics...

2. Res de mirar ties: Hem procurat de ser les ties més buenorres de la festa... Així que res de mirar altres ties, eh?

3. Volem que ens mireu a nosaltres: Avui que ens hem arreglat... poseu-nos l'ull a sobre.

4. Aquella amigueta vostra que tanta ràbia ens fa... no cal que la tingueu al costat en tot moment i no ens puguem acostar a vosaltres.

5. Traieu-nos a ballar: Que el tio que ens mola ens tregui a ballar per pròpia iniciativa és... buah!

6. Tontegeu amb nosaltres: No cal que siguin els tios qui facin el primer pas però almenys seguiu el rotllo!

7. Acompanyar-nos a casa és tot un detall: Potser teniu premi a l'arribar al nostre portal... però no us quedeu esperant-lo. Deixeu que surti de manera natural!

COMENTARIS:

Annetta(L)
jijiji
Jo crec que anar de festa amb grans expectatives d'un tio és decepció i fracàs absolut, perquè després no passa el que t'imaginaves i et ratlles... Millor pensar en que no passarà res, i si passa t'emportes la gran emoció de la vida :DD

Kuchiii
_
A mi se m'estan passant les ganes de sortir, ja. Els tios no pillen les indirectes o què? Et donen peixet i quan coincideixes amb ells en una festa, suden de tu com si no et coneguessin i són capaços de liar-se amb una altra davant teu. Peroehtoqueee?? Quina poca delicadesa, fills...

Olakeasenn
Skgsdf...
Mireu, noies, que veig que ens esteu deixant bastant pels terres, als tios! Si sortim de festa és per passar-nos-ho bé, per divertir-nos, per fer bogeries amb els amics, per beure, per alegrar-nos la vista... i no pas una cita romàntica amb espelmes!

Les 5 coses dels NOIS que elles han de saber

Les redactores d'Adolescents.cat hem volgut començar la setmana preguntant als nois de la redacció que ens diguin quines són les 5 coses d'ells que totes les noies hauríem de saber. I clar, no han pogut dir que no o fer-se els despistats... :D

1. Als nois ens costa molt més dir «t'estimo». Però les noies heu de saber que per cada cinc vegades que demostrem que us estimem, diem un «t'estimo». Som més de demostrar que de dir.

2. Uns pits grans o unes corbes voluptuoses ens atrauen, però el que realment ens enamora és un somriure, l'amabilitat, que sigueu divertides i que estigueu per nosaltres...

3. Les noies optimistes ens encanten. Pràcticament ningú sent atracció per persones que són pessimistes i creuen que tot anirà malament. Així que si sou optimistes i atrevides ja teniu molt de guanyat a l'hora de conquistar-nos!

4. Noies, heu de saber que anem de durs... Però tenim les mateixes pors i inseguretats que vosaltres. El que passa és que potser som encara més porucs per reconèixer-ho.

5. Ja ho sabeu, però us n'hem de fer memòria. Mai, mai, però mai de la vida, ens critiqueu els nostres amics! Ells són la nostra segona família i el 50% de la nostra felicitat.

COMENTARIS:

:)
Anònim:)
Jo crec que aquests consells són bons però que cada persona és diferent i té les seves pors. Molt bé que poseu aquests consells, però potser alguna persona que no és igual que el que diu aquí es pot ofendre o una altra cosa. Igual que als consells per noies.
Així que tothom que estigui content amb si mateix, que és únic en aquest món!
Petoons adolescents :)
//*//

Noisss.....!
Copu i Jaga!
Per què els tios, quan els hi passa una noia per davant, li repasssen tot el cos? Si ells en el que es fixen és en l'interior. Si es fixesssin en l'interior totes tindríem nòvio però no és així!!!, per mala sort...xD

La 2
Anònimadnrufnierhufwehfuihfurifhrui
La 2 és mentida. A ningun tio, bueno a un 5% de 100% li importa l'amabilitat i això. Tots et miren el cul i les tetes i la cara, perquè clar per a ells lo primer és el físic i després quan sortiu amb algú, pues només en aquell moment se fixa en l'amabilitat i això.

Confies en ell/a?

Pàg. 234

Saps estar sol/a?

Pàg. 236

- 5 consells per lligar a l'insti els dies de cada dia
- NOIS: 5 maneres que MAI heu d'utilitzar per entrar a una noia...
- Les 10 millors frases per lligar
- Els 10 millors consells per triomfar
- Nois: Les 5 tàctiques que no serveixen per impressionar una noia
- Com detectar un/a escalfabraguetes?
- Si coincideixes de festa amb el teu ex NO facis això!
- És perillós lligar amb desconeguts? Alguns consells
- ATENCIÓ: Això és el que passa quan coqueteges amb qui t'agrada!

L'ART DE TIRAR LA CANYA

No sabem per què, però hi ha persones que fan que el nostre organisme activi totes les alarmes. El cor ens batega a més velocitat, se'ns dilaten les pupil·les i sentim un nerviosisme que s'expressa al nostre cos de múltiples maneres. Ens hem "pillat" d'una persona; ens mola moltíssim i ens agradaria acostar posicions. Sentim una gran atracció i aconseguir els nostres objectius només depèn de la nostra capacitat de despertar el mateix interès, però en el sentit contrari. Això té un nom: l'art de la seducció o l'art de lligar.

No tothom té les mateixes habilitats per projectar el seu

propi atractiu i provocar el magnetisme en l'altre. Tot i així, és cert que si s'estudia i es treballa bé la matèria, la destresa enamoradora pot adquirir-se. Només calen uns quants consells i un bon grapat d'experiències. Què agrada als nois? I a les noies? Quins trucs puc utilitzar? Es lliga només amb un bon físic? O potser amb un bon discurs i una mica de morro també ho puc aconseguir? Prepara't per convertir-te en un/a crac de tirar la canya, gràcies a les eines que t'oferim al llarg de les pàgines següents. Alerta! És possible que entre èxit i èxit també puguis tastar el gust del fracàs. No t'espantis! Sempre hi haurà algú que haurà caigut de més amunt! Comença per creure en el poder extraordinari de l'atracció. Tots el tenim! Segur que ets més a prop de trobar el teu.

5 consells per lligar a l'insti els dies de cada dia

Per què esperar que arribi el cap de setmana i anar de festa per lligar-te el tio/a que et mola? Sempre que ell/a vagi al teu insti, no cal que esperis el dissabte, aprofita per lligar cada dia! Aquí van alguns consells...

- 1. NO ARRIBIS A LES 8 DEL MATÍ amb els llençols marcats a la cara! Si vas a lligar, mira't més de dues vegades al mirall, controla el pentinat, renta't bé les dents i, si ets noia, un toc de maquillatge, sense passar-te, pot ser la clau ;)

- 2. SI A PART DE GUAPO/A, DOMINA ALGUNA MATÈRIA com mates o literatura, ja ho tens! Demana-li que t'expliqui alguna cosa que no acabes d'entendre. L'excusa és perfecta!

- 3. EVITA LES SITUACIONS ON LES TEVES AMIGUES es posin a riure i et llancin indirectes quan ell passi pel teu costat al passadís. Això queda fatal!

- 4. FES ELS DEURES I ENTREGA TOTS ELS TREBALLS. No cal que siguis l'empollon/a de la classe, però sí que és important que ell/a vegi que no passes de tot. Això et dóna un «caché» :D

- 5. NO BUSQUIS EXCUSES BARATES PER PARLAR AMB ELL/A TOT EL DIA. D'aquesta manera es pot notar massa i fins i tot agobiar. Posa en pràctica el punt 2 i, si la cosa va bé, veuràs com ell/a fa el proper pas.

COMENTARIS:

asdfgjk
ATMIFBGBLL,
Això de les amigues fot molt! Uff... ho odio! Sort;)
PETONS!

Sendra
Barbara25
Jo crec que la millor manera per lligar és insinuar. Així mai fots la pota fins al fons ;)

l'amor és l'amor
uwoiehqws,
A mi m'ha serviit!!!! He lligat i ja tinc nòvio, per cert, vaig fer lo de que m'ajudés amb una matèria, i em va portar a casa sevaaa!!!!!!!!!!!! Visca l'amor! Gràcies adolescents!!!! Us estimo.

Menneuhlle
Miremeneo
El millor consell és ser conscient que no ets la millor, ni la més guapa ni la més espectacular. Però sí que ets la rehòstia en vinagre. Si saps això ja tens el 90% del lio assegurat.

NOIS: 5 maneres que MAI heu d'utilitzar per entrar a una noia...

El moment «d'entrar» a una noia —és a dir, de tirar la canya— és el més important. Els primers segons són determinants per agradar-li o no... Així que més val no cagar-la. És per això que us expliquem les 5 maneres que MAI heu de fer servir per entrar a una noia:

- **1. Hola, fa una estona que t'estic mirant i veig que estàs sola. No has triomfat avui? No tens nòvio?** Nois, això no ens mola a les noies.

- **2. Perdona, ets l'Alba?** No, no i no! Mentir expressament ja no es porta. Es veu d'una hora lluny i és ridícul.

- **3. Hola, sóc campió de Catalunya de triple salt mortal...** Ok, i? Dónes les sensació de flipat i que vols intentar lligar exaltant les teves qualitats. Sigues com ets, que les ties us clissem d'una hora lluny!

- **4. El meu amic et vol conèixer...** El 99% de les vegades és mentida. Només vol apartar-te del grup d'amigues i portar-te al seu terreny. No mola tampoc.

- **5. La discoteca està a punt de tancar... Vols venir a fer l'última copa al meu pis?** L'última copa te l'empassaràs tu si no em deixes passar... :D

XOXO

COMENTARIS:

Berta
Mandarina
Un dia vaig lligar dient-li a un noi: Molt trist que un noi tan mono balli sol. Vaig triomfar a sac!

Uooooo!
Nest!
Un amic meu utilitza la tècnica d'«el meu amic et vol conèixer» i tot i que la penya no s'ho empassi es veu que lligues igual. Hahaha!

Kitx
Zorlins_Ca
A mi se'm dóna molt bé imitar accents i tal... Doncs bé, un dia em vaig intentar camelar una xurri fent veure que era argentí. Quan finalment es va adonar que només ho feia per lligar amb ella em va engegar a pastar fang!

Les 10 millors frases per lligar

Per no quedar-te en blanc quan tinguis l'oportunitat de parlar amb aquella persona que t'agrada, hem fet un recull de frases de Twitter per deixar-lo/la amb la boca oberta de bat a bat.

Quan les flors et veuen no comprenen que una de les seves estigui caminant.

Els teus pares devien ser pastissers, perquè un bombonet així no el fa qualsevol.

No tinc molt temps per perdre, vols tema o passem?

No m'interesses. (Segur que després et vénen a buscar.)

—Crec que al meu mòbil li passa alguna cosa.
—Ah sí?
—Sí, no guarda el teu telèfon.

—Perdona. Tu et dius Google?
—No, per què?
—Perquè ets TOT el que busco.

Creus en l'amor a primera vista o he de tornar a passar?

Hola, sóc Justin Bieber.

De les teves corbes, la més bonica és la del teu somriure.

Si ser sexy fos un delicte, et passaries la vida a la presó.

COMENTARIS:

johann_21
2121212121
La primera frase que em va dir la meva nòvia actual va ser: Vols un condó? En repartia d'aquests de propaganda... Va ser una indirecta molt directa!

Abibuuu
Jlañfdklke
Hahaha! Per mi, la millor és la del telèfon. Una vegada vaig demanar el telèfon a un noi i una mica més i me'l dóna literalment (sí, sí... el catxarro i tot). Me l'hagués quedat si no fos un troncomòbil.

Belieber
Buaaahh
Si em diuen que és Justin Bieber de veritat, caic a terra, em desmaio i em deixo fer el boca a boca!

Els 10 millors consells per triomfar

No saps com entrar a una persona per tirar-li la canya? En el moment més oportú et quedes tallat i no saps què dir? Ara és la teva. Et donem 10 consells perquè siguis tot un expert en l'art de lligar.

1 SIGUES TU MATEIX: Però aquest tu mateix ha de ser «la millor part de tu». Treu el llop que portes dintre i surt de cacera!

2 ATREVEIX-TE: «Si no arrisques no pisques», llança't a la piscina però assegura't que és mig plena per no fer-te mal.

3 ESTIMA'T A TU MATEIX: Ell/a consideres un premi? Pensa que tu també ho ets!

4 NO FACIS EL QUE FA TOTHOM: Sigues original i es recordarà de tu.

5 SIGUES DIVERTIT, PERÒ NO UN PALLASSO. El més important és que us ho passeu bé, ho has de tenir clar: quedar amb un noi/a no ha de suposar una angoixa.

6 NO LI DONIS IMPORTÀNCIA AL MOMENT... si no, els nervis et poden jugar una mala passada. Simplement intenta passar bé l'estona.

7 TINGUES CARÀCTER I PERSONALITAT: No pretenguis que t'agradi tot el que a ell/a li agrada.

8 TRACTA L'ALTRA PERSONA COM A TAL i no com un objectiu a aconseguir!

9 TINGUES LA TEVA PRÒPIA VIDA: Interessa't per ell/a, però tenir altres coses a fer li resultarà a l'altra persona misteriós i interessant.

10 ATENCIÓ! EL COS TAMBÉ PARLA. Cuida els teus gestos i intenta no semblar nerviós. Encara que ho estiguis intenta que no ho noti.

COMENTARIS:

Xevins
fawieopu
Moltes gràcies pels consells, Adolescents. A mi la veritat em cal una empenteta per atrevir-me a triomfar. Quan tinc una cita sempre em quedo plantat com un estaquirot sense saber què fer... tremolant com una fulla.

Laura
galerona
El millor consell és ser un mateix. El pitjor que hi ha és que et pillin una mentida... Per això és millor no actuar!

Deiviteditor
thebest
Doncs jo crec que has de fer el que esperen que facis. Amb la sinceritat no es va enlloc. Sigues qui vols ser, no qui ets.

Nois: Les 5 tàctiques que no serveixen per impressionar una noia

Atenció NOIS, si feu alguna d'aquestes coses, sapigueu que l'esteu cagant de ple. A les noies no ens molen gens aquestes tàctiques que molts utilitzeu. En aquest article hi trobareu què no heu de fer mai per intentar-vos lligar una xurri ;)

Quedeu avisats!

1. **ENSENYAR MÚSCUL:** Tot i que potser penses que a les noies ens agrada un tio musculat, ensenyar múscul o fer bola és lotalment ridícul per lligar amb noies.

2. **FER-SE EL «GALLITO» DAVANT DELS TEUS AMICS:** No et facis el xulo davant dels teus amics ni tractis diferent les noies. No ens agrada!

3. **EMBORRATXAR-SE I CREURE'T LO MILLOR DE LO MILLOR:** Veure el noi que et mig agrada tot taja i pensant que és un superheroi és penós!!!

4. **FER-SE EL DUR:** No cal que vagis de «malote» per tenir totes les ties al darrere. Ens agraden sensibles però amb un «puntillo».

5. **PAGAFANTES:** No cal que ens ho paguis tot!!! A moltes noies ens fa ràbia perquè és un símbol d'inferioritat. Deixa que algun dia també et convidi ella!

COMENTARIS:

Musculmaaan
Nainaraina
Ohhhh! Odio… però odio molt els tios que apreten múscul per semblar més catxes! De veritat… cal?

Markitus
Catalufu
Ja deia jo que això dels pagafantes no funcionava… M'he gastat una fortuna i només m'he endut cobres…

Onaaaa
Xixixix
Maaaaark! El de dalt! Et vull conèixer! Ets el meu ídol… De nois com tu ja no en queden… Em pagues una fanta? ;)

Com detectar un/a escalfabraguetes?

Vols saber com pots detectar si és o no un/a escalfabraguetes? Aquestes són les 7 coses que habitualment fan per sentir-se bé amb ells/es mateixos/es!

Les persones escalfabraguetes…

- 1. **Tontegen** amb algú que en el fons no els agrada.
- 2. **Deixen a mitges** algú perquè sí, només per demostrar que són ells/es qui dominen.
- 3. **Juguen a diversos fronts** amb la intenció única de sentir-se desitjat/da.
- 4. **Surten de festa sols/es** o amb un/a amic/ga com a molt i busquen l'atenció de tot un grupet de tios que estiguin per ells/es.
- 5. **Vesteixen de forma provocativa** per tal d'atraure més l'atenció dels tios/es i que ells/es pensin que estàs boníssim/a.
- 6. **«Gorronegen» la beguda** i esperen que els/les tios/es els/les convidin perquè sí...
- 7. **Quan tenen nòvio/a són extremadament possessius/ves** tot i que quan ell/a no hi és tontegen amb molts altres.

Heu fet mai alguna d'aquestes coses? Coneixeu algú que sí?

COMENTARIS:

Io en sóc una!! ^^
OSTi!!,
Carai, tot això ho faig jo... i mira k tinc nòvio. Però no tontejo amb els demés estant amb ell, però quan no estava amb ell sí tontejava amb tothom (tios) tinguessin nòvia o no, això per a mi no comptava...!!!

xaffaer
kaxrnfkygxer,
A mi més aviat em fan pena, quan una noia o un noi pretén conquerir el món a base d'ensenyar el seu cos i d'anar tontejant amb els nois per excitar-los, vol dir que és tonta i que intel·lectualment no té res a oferir. És més, els nois que les desitgen ho fan pensant que l'únic que podran fer amb elles és xixar, però no se les prenen seriosament per discutir, o per fer deures amb elles... perquè les escalfapolles en general són bastant tontes.
Pobretes, a mi em fan pena.

D'això n'hi han moltes...
anonim anonimum
Només cal anar a una discoteca i d'aquestes podries passar-te la nit comptant xD

Si coincideixes de festa amb el teu ex NO facis això!

Aquestes són algunes de les coses que fem les noies quan sortim de festa amb el nostre ex i no sabem que en realitat fem EL PENA! Si vas de festa amb el que era el teu xurri NO facis això!

- **Vestir més curtes i/o provocatives de com anem normalment:** De vegades fem això perquè el noi es penedeixi d'haver-nos deixat i digui «ostres, quina tia tan bona.... Però si és la meva ex!». En realitat el que pensa ell és que fots molt el pena vestida així...

- **Liar-te amb un altre tio només perquè ell tingui gelos:** Si fas això és que no t'estimes. És el pitjor que pots fer si el vols tornar a recuperar!

- **Controlar cada moviment que fa ell:** Mirar amb qui va i què fa.

- **Controlar les possibles preses del teu ex:** De vegades no només controles amb qui va sinó que també actues i amenaces amb la mirada o de manera verbal les possibles candidates a liar-se amb ell...

- **Parlar amb els seus amics de manera efusiva i una estona exagerada:** Si ell ha sortit de festa és per estar amb els seus amics, no perquè tu els raptis hores i hores.

- **Fer el numeret:** Cridar l'atenció, començar a plorar... Fer el xou és el pitjor que pots fer i només aconseguiràs que senti vergonya de tu.

Us ha passat mai alguna d'aquestes coses? Com ha acabat la història?

COMENTARIS:

sjhdba
Anònimaaiknajr
CONFESSEU! Tot menys el numeret u els hem fet totes algun cop :)

sdfghnjm
Anònimdfghjk
avere gent, si vas de festa i et trobes amb el teu ex, està clar que t'hi lies, per lo menys jo ho faria... i més si vas una mica passadeta.

???
jñlj
No paaaaas! Se li ha d'arruïnar la festa! Fer-lo patir igual que ens va fer patir a naltres! Putejar-lo al màxim! NO SÓC RANCUNIOSA!

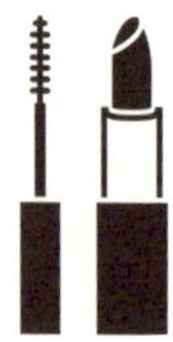

És perillós lligar amb desconeguts? Alguns consells

Mai lligar havia estat tan fàcil com avui gràcies a les xarxes socials i al Whatsapp. Però també és veritat que mai havia estat tan perillós! Alguna vegada heu tontejat amb alguna persona desconeguda?

No és per posar-vos la por al cos però sí que **cal que sigueu conscients dels perills que correu quan tontegeu per Facebook o Whatsapp amb persones que encara no coneixeu.** Per molt que tingueu algun amic en comú, precaució!

Amb això no volem dir-vos que deixeu de connectar-vos a Facebook ni de contestar whatsapps, però sí que estaria bé que seguíssiu **alguns consells per evitar problemes:**

—No doneu mai dades personals importants com l'adreça de casa.

—No doneu massa detalls dels vostres horaris ni d'on sou en cada moment.

—No us fieu de totes les fotos que veieu. No és habitual, però hi ha persones que tenen perfils falsos, amb fotos falses de nois i noies superguapos i que les seves intencions no són precisament bones.

Tot i així, si algun dia decidiu tenir una cita amb algú que encara no coneixeu en persona, **és molt important que quedeu en un lloc públic**: una cafeteria, un centre comercial, el cine... I no només això, **també seria molt recomanable**

que t'acompanyés algun amic o amiga que, un cop allà, fes la seva. En el cas que no t'acompanyin, com a mínim que sàpiguen on has quedat.

Aquests són els consells que us donem des de la redacció d'Adolescents.cat perquè no volem que us passi cap situació incòmoda ni perillosa! Muà!

COMENTARIS:

Xxxxxx
.....
Merci pels consells! No sabia que era tan perillós. Un petonàs, Adolescents!

Face
Buuuk
Per Face pots fer veure que ets un pivon de la parra quan en realitat ets un cardo borriquero… (S'ha vist.)

Danger!
¡!!!!¡!!!¡!!!
Fa poc va sortir un estudi que a través del teu facebook ho poden saber tot… No només la teva localització i el lloc on vius sinó també la música que t'agrada, les sèries i pel·lis i fins i tot la teva orientació sexual!

ATENCIÓ: Això és el que passa quan coqueteges amb qui t'agrada!

Vols saber què passa quan flirteges amb el noi o la noia que t'agrada? Aquestes són les coses més curioses sobre l'art de tirar la canya!

- Només amb una mirada pots cremar calories: Un estudi de la Universitat de Colúmbia ha comprovat que les noies podem cremar fins a 11 calories només fent una mirada intensa al tio que ens agrada... mentre que els nois en cremen només 3.

- El nom influeix a l'hora de seduir: Saps que els tios es fixen abans en els noms que comencen amb la «a» o la «o» i tenen aquestes dues vocals al seu nom? En canvi, les que tenen noms que comencen per «i» o «e» a primera vista no les troben tan atractives, però a la llarga se n'acaben enamorant... Això ho diu un estudi de la Universitat de Massachusetts!!!

- El no saber sobre l'altre sedueix: No conèixer una persona, no saber què fa en cada moment i no conèixer la vida de l'altre són elements de seducció, ja que l'altra persona té intriga. La Universitat de Virginia ha investigat sobre aquest comportament.

- Els tios són més llançats després de competir: Un partit guanyat de bàsquet o de futbol abans de sortir a lligar pot ser la clau per tenir èxit també a nivell amorós. La testosterona els puja i per tant s'atreveixen a tot i més. Això ho investiga la Universitat d'Amsterdam.

- L'accent és sexy: Les veus més atractives són, en els nois, les que no són ni massa greus ni massa agudes... I per si no ho sabíeu, l'accent de fora la teva localitat (per exemple, si ets de Barcelona, un de Lleida o de Girona) és sexy per a moltes noies i nois!!! ;) Al Regne Unit s'ha fet un estudi de tot plegat!

COMENTARIS:

Laurins
Ceeeert
És totalment ceeeeert! A mi em posa superxonda l'accent de Lleida… buahhhhh!!!!

Deivit
Lleidetà
A la de dalt! Jo et poso l'accent que vulguis i molt més!

Dana
Palangana
Quan no saps massa coses sobre l'altra persona tens moltes ganes de saber-ne més. No cal explicar-ho tot… xk pot arribar a avorrir…

Quin és el teu estil de lligar?
Pàg. 238

Estàs preparat/da per fer el primer pas?
Pàg. 240

Ets un/a noi/a fàcil?
Pàg. 242

- Trucs de maquillatge per sortir bé a les fotos
- Errors que comets al maquillar-te i que fan que semblis la teva iaia...
- Com fer-te la ratlla dels ulls i que et quedi perfecta
- Tinc pèls enquistats... què he de fer?
- Si vols estar guapa... NO facis això!
- Vols tenir els cabells més brillants?
- 10 trucs per tenir els pits més bonics
- Com puc combatre l'acné?
- 6 remeis casolans contra les estries

BELLESA

Perquè tots i totes hem somiat ser uns súper mega pivons de la parra, hem desitjat que al noi o la noia que ens mola li caigués la bava cada cop que ens mirés i les nostres millors amigues ens preguntessin com ens ho fem per estar tan bones.

Quants de vosaltres no heu volgut fer desaparèixer aquell granet tan horrorós que us ha sortit al nas just el dia que teníeu una cita? Qui no s'ha passat hores i hores davant del mirall intentant domar els seus cabells de lleó? I què me'n dieu d'aquells pèls horribles que cada 2x3 t'has d'estar depilant perquè creixen com si t'hi haguessin tirat una poció màgica de les de Harry Potter?

◗ A tots i totes ens preocupa la nostra imatge. És el primer que projectem de nosaltres a l'exterior, però per sort no és el més important. Agradar-te depèn de tu mateix. Si et cuides el cos però també la ment es notarà a simple vista i aconseguiràs tot el que et proposis.

◗ La bellesa es veu però també és dins nostre, en l'actitud i la manera de ser. Només cal que treguis el mini-tu sexy que tens al teu interior i el posis en marxa per sentir-te bé amb tu mateix/a!

Trucs de maquillatge per sortir bé a les fotos

Si vols estar sempre ready per si et fan una foto, aquí tens els nostres trucs de maquillatge: ;)

1. **La il·luminació és clau a l'hora que us facin una foto.** Si la llum us ve de dalt pot ser que les ulleres i les imperfeccions se us vegin més marcades. Per tant, és important tenir una llum frontal i il·luminar-vos bé amb corrector d'ulleres la part de sota els ulls.

2. **Treure els brillos:** Amb base de color mat i polvos del mateix color de la teva pell pots eliminar els brillos que sovint apareixen a les fotos i que fan que semblis suada quan no ho estàs.

3. **Marcar-se els pòmuls amb coloret:** Encara que no us poseu gaire maquillatge un to rosadet als pòmuls sempre queda superbé.

4. **Arrissa't les pestanyes amb màscara de pestanyes.** Tot i que no et facis la ratlla dels ulls, si te les arrisses bé se't veuran els ulls més oberts i grans ;)

5. **No utilitzis «brillo de llavis».** És millor un to rosat mat d'un color més pujat que la teva pell.

6. **Les ombres d'ulls brillants tampoc queden bé...** Semblarà que tinguis els ulls més enfonsats.

COMENTARIS:

hsccciuajtdgrs
lelelele**,
Pues a mi em queden de conya les fotos, jajajajaja És que sóc la p**a ama lalalalalal*

cogombrewomann
topepi
Jo tinc moltes ulleres i he sentit que va superbé aplicar-te una rodanxa de cogombre a sobre de l'ull per no tenir-ne. També es veu que va bé posar-t'hi glaçons de bon matí.

Beautyandthebeast
Roseta
Si et poses sombra d'ulls lila o fosca encara es noten més les ulleres… sembles un ós panda però amb els dos ulls de vellut!

Moulinrouge
Satine
A mi m'encanta posar-me un pintallavis roig potent, rollo putot. De debò! Si vas una mica maquillada, a les fotos no es nota que hi vagis!

Errors que comets al maquillar-te i que fan que semblis la teva iaia...

És habitual que moltes noies ens passem a l'hora de maquillar-nos i en lloc de realçar la nostra bellesa, ho empitjorem. Per no anar pintades com unes mones aquí us deixem alguns consells!

1.

Cal que escollim un to de base semblant al de la nostra pell. Aplicar-la només si és del tot necessari... Hi ha moltes noies que creuen que quedaran més guapes si se'n posen i el que fan és treure la gràcia de la nostra pell jove...

2.

S'ha d'aplicar el coloret a les zones correctes i no abusar-ne. No s'ha de posar a les galtes sinó seguint els pòmuls per marcar-los més.

3.

Si escollim un to brillant d'ombra d'ulls no s'ha d'aplicar a la part externa de l'ull... si no, pot semblar que tinguem potes de gall...

4.

Només s'ha de fer una passada amb la màscara de pestanyes. Més d'una passada ens quedarà superartificial!!!

LOVE

5.

No utilitzis el típic <<perfilador>> de llavis que fan servir les iaies!!!!... A les noies joves no ens queda bé i ja tenim els llavis força definits!!!...

COMENTARIS:

XXXXX
WTF!
Hahahaha, m'he partit amb lo de la línia de llavis! La meva iaia es fa fins i tot les celles dibuixades amb això!

Base
Lúa
Algú sap quin és el millor mètode per escollir un to de base? Ha de ser més fosc o més clar que la nostra pell?

Base1
RtaLúa
Per la de dalt, depèn del tipus de pell, de l'estació de l'any... El millor és que ho consultis abans de comprar-lo!

Marcus
Brody
A mi no m'agraden les noies que van maquillades com unes «pepes». Les prefereixo sense maquillatge o amb una mica de res.

Com fer-te la ratlla dels ulls i que et quedi perfecta

A moltes ens passa que quan ens fem la ratlla dels ulls ens queda una diferent de l'altra, se'ns va esborrant al llarg del dia o simplement ens la deixem tal com queda i punt. Us donem 5 trucs de bellesa perquè l'eyeliner us quedi perfecte!

1. Aixeca lleugerament la barbeta i mantingues l'ull entreobert sense estirar la pell.

2. Dibuixa una línia amb llapis d'ulls negre seguint el traç de l'ull.

3. Omple el traç amb el mateix llapis per tal d'intensificar la línia de dalt de les pestanyes.

4. Repassa-ho amb ombra d'ulls negra de textura mat per tal de fixar el traç.

5. Aplica per dalt eyeliner líquid. La sobreposició de capes fa que duri més el color i dóna més profunditat a l'ull.

És important tenir productes de bona qualitat perquè no se t'irriti la pell i no oblidar-te de desmaquillar-te abans d'anar a dormir.

COMENTARIS:

Qy
Chinchin
Que bé! Fins ara la meva ratlla dels ulls tenia més corbes que les costes del Garraf!

Bertins
Famiredo
Doncs jo fa ben poc que me la faig. Em ploraven els ulls cada cop que ho intentava. Ara ja puc!!!

Mon
Eixerit
Doncs jo segueixo sense fer-me-la… Trobo que si te la fas cada dia perd tota la gràcia… Així que només me la faig per a ocasions especials i una línia simple.

Colour
Pawah
Jo me la faig amb un eyeliner automàtic. Va força millor i sempre vas recte. A veure… tampoc és que em faci una línia a lo AmyWinehouse.

Tinc pèls enquistats... què he de fer?

Sovint ens apareixen petits granets a les cames, a les aixelles o als engonals que sabem del cert que tenen un pèl a dintre... Comencem a burxar i burxar i... NOIES, això és el pitjor que podem fer! Voleu saber com hem d'actuar?

Si un pèl no pot superar la barrera de la pell i se'ns queda per dintre vol dir que se'ns ha enquistat dintre l'epidermis. Si tens els pèls força dèbils o una pell superresseca o amb molt de gruix pot ser que et passi més sovint.

Què cal fer?

- ✔ Utilitza **crema antibacteriana** per desinfectar la zona.
- ✔ **MAI t'ho burxis...** Pot ser pitjor i se't pot arribar a infectar i fer un bulto encara més gros!
- ✔ **Elimina les cèl·lules mortes** amb un exfoliant (si la nostra pell és normal amb tres vegades a la setmana és suficient).
- ✔ Si tens la pell més forta pots utilitzar un **guant per raspar.**
- ✔ Cal aplicar la crema amb **moviments circulars** des de baix cap a les cuixes.
- ✔ **Als salons de bellesa fan tractaments específics,** com el brushing, que facilita el desenquistament.

COMENTARIS:

Ohhh!
Ràbia
Quina ràbia quan em passa això... Em passa a tot arreu... Sobretot a les aixelles i als engonals.

Imposible
Lñafkse
Jo me'ls estiro igual... buahhhsk no puc amb això! Se'm fan com petites crostetes a la pell i és superlleig.

Maquina
Lelelele
Això passa més si utilitzes una «cutxilla» d'afaitar per depilar-te. 100% comprovat. Últimament m'ho faig amb cera i no em passa tant!

Peluda
Cosinetsisí
Gràcies pels consells... sóc súper peluda i sempre em passa :-(

Si vols estar guapa... NO facis això!

Aquestes són algunes de les coses que NO has de fer si vols estar estupenda!

- **DORMIR MAQUILLADA:** El maquillatge fa malbé la pell. El rímel resseca les pestanyes i fa que caiguin amb més facilitat. La pintura penetra en els porus de la pell i fa que o bé es ressequi o bé quedi molt greixosa. Despinta't abans d'anar a dormir i posa't crema hidratant.

- **PETAR-TE GRANS:** Els granets, per molt petits que siguin, poden deixar cicatriu. Evita petar-te cap gra. Sabem que és difícil... però més lleig és tenir una marca a la cara.

- **DEIXAR D'ESMORZAR:** L'esmorzar és un dels àpats més importants del dia. Si no esmorzes, això pot passar factura a la teva pell i als cabells. Menja sa i suficient!

- **MOSSEGAR-TE LES UNGLES:** Fa molt lleig! La carn del voltant de les ungles va creixent i al final et queden els dits com una porra...

Quins altres trucs de bellesa ens aconselleu?

COMENTARIS:

Dormilega
Zzzzzz
A mi sempre em passa que cada nit per molt que em desmaquilli deixo el coixí fet una merda del rímel i la ratlla d'ulls…

Pusi
Granets
Buaaah! Lo dels granets és impossible… gra que tinc, gra que m'he de petar!

Ninyeta
Cuki
Jo em mossego les ungles des que tenia 4 anys… Ho he provat tot però no puc parar… Any idea?

Al de dalt
Jo també
L'única solució és tenir força de voluntat!!!

LET'S
BE
PRETTY

Vols tenir els cabells més brillants?

Aquí tens uns trucs per tenir els cabells més brillants i lluents. Amb aquests ingredients i seguint els nostres consells aconseguiràs tenir una melena sana i ben bonica!

- **CERVESA:** Si vols lluir uns cabells radiants, tirar-t'hi una mica de cervesa farà que recuperin aquella brillantor. Cal aplicar-la quan el cabell estigui mullat, deixar la beguda uns 5-10 minuts al teu cabell i tornar-te'l a rentar amb xampú.

- **VINAGRE:** Tirar-t'hi vinagre de tant en tant (ja sabem que fa pudor) també farà que tinguis uns cabells lluents, fins i tot suaus.

- **ALVOCAT:** Si els tens força fets malbé, una mascareta d'alvocat t'anirà de conya per reforçar els cabells si notes que et cauen o es trenquen sovint.

- **MEL:** Si el que vols és tenir el teu cabell fi com la seda, afegeix-ne 2 cullerades soperes per cada litre del teu xampú habitual.

- **OLI D'OLIVA:** Unta la teva pinta amb oli d'oliva i veuràs com se't farà més fàcil pentinar-te amb el cabell mullat. Deixa't l'oli durant 15 minuts i renta't el cabell com ho fas habitualment.

- **CANVIA DE XAMPÚ:** Els nostres cabells s'acostumen a un producte i a mesura que el vas utilitzant perd la brillantor i fa menys efecte. Si al cap d'un temps d'utilitzar-lo en comprem un d'una altra marca notaràs la diferència.

COMENTARIS:

Capitàenciam
Verdaverdaverda
Sí, i de passada em faig una amanida als cabells…

Lamevaiaia
laiona
La meva iaia sempre em diu lo del vinagre i va molt bé. També va bé fer-se la última passada dels cabells amb aigua freda.

Pudor.
Mmmmm
Doncs jo vaig provar de posar-me vinagre i crec que fa una mica de pudor. També he sentit que el vinagre va genial per la pell…

Matxambrat
Totenun
I si t'ho poses tot de cop? Algú ho ha provat? Jo en sé d'una que s'hi va tirar iogurt…

10 trucs per tenir els pits més bonics

Vols saber quines són les coses més habituals que fan els adolescents quan es queden sols a casa?

✤ **1.** DUTXA D'AIGUA FREDA: L'aigua freda estimula la circulació i va bé per tonificar els teus pits i tot el teu cos en general.

✤ **2.** EXFOLIACIÓ DE PELL MORTA: De tant en tant cal exfoliar amb un gel específic o bé amb sal de cuina la pell morta del teu escot per tal de treure-li partit i que es vegi lluent.

✤ **3.** HIDRATACIÓ: Hidrata'ls i fes-los un massatge per tal d'evitar que es ressequin i que hi apareguin estries.

✤ **4.** TRACTAMENTS: Detecta el teu problema específic i busca un tractament que te'l resolgui (antiestries, sequedat...).

✤ **5.** LLIMONA I OLI D'OLIVA: Un petit truc per donar als teus pits un efecte volum! :) La vitamina C de la llimona et proporciona un efecte push up, i l'oli, una brillantor irresistible.

✤ **6.** PROTECCIÓ SOLAR: Protegeix els teus pits amb crema (sobretot a l'estiu) i encara que no et treguis la part de dalt del biquini. Així evitaràs marques del sol.

✤ **7.** POSTURA RECTA: No t'encongeixis! La posició és molt important per veure't millor. Pit cap enfora!

- **8.** EXERCICIS: Nedar, fer flexions o rem ajuda a tenir uns pits més ferms.

- **9.** TALLA DELS SOSTENIDORS: És molt important portar la teva mida! Ni més petits ni més grans. Assegura't que ho siguin.

- **10.** AUTOESTIMA: Per molt que no t'agradin, accepta'ls tal com són. Cada pit té el seu encant!

COMENTARIS:

Bombolleta
Glugluglu
Algú disposat a posar-m'hi cremeta? :P

Alex
Joooooo
Joooooooo! M'ofereixo voluntari! On i quan?

Uala!
Hahaha
Com hi va no la gent? Catxondos perduts!!!!

Com puc combatre l'acné?

És probablement un dels problemes estètics que més inquieten els adolescents. Si tens granets a la cara i vols saber com eliminar-los, llegeix això!

És molt comú trobar adolescents amb granets, punts negres o impureses a la pell. Això és degut als canvis hormonals; **la pell segrega greix, s'obren els porus i s'infecten**. No és fàcil evitar-ho, però hi ha alguns trucs per dissimular-ho o fins i tot eliminar-ho.

Tot i que hi ha molts productes químics destinats a calmar l'acné, nosaltres et proposem aquestes solucions:

- **Limita** al màxim **el consum de fast food** i aliments greixosos (fregits, embotits, arrebossats...) i **augmenta** la ingesta de **fruites i verdures**.
- Neteja't la cara dues vegades al dia amb **sabó de glicerina**.
- Humiteja-te-la amb **aigua tonificant** antiimperfeccions.
- Fes servir una **crema hidratant** específica per a pells grasses (**oil-free**).
- Una vegada a la setmana, aplica't una **mascareta d'argila verda**.

Si ja tens acné aquests són alguns consells perquè no empitjori.

▶ **1. Rentar-se la cara.** És important netejar-la un parell de cops al dia —matí i nit—. El millor és fer-ho amb aigua tèbia i amb un sabó suau. No fregueu molt fort, us podríeu irritar la pell.

- **2. No rebentar els grans.** Tot i que és molt temptador, no és gens recomanable. Pots acabar incrustant la infecció a les capes més profundes de la pell i provocar encara més inflamació. A part, és fàcil que et quedi alguna cicatriu.
- **3. No tocar-se la cara amb les mans.** Els bacteris que tenim a les mans poden acabar infectant els porus de la cara i produint l'aparició de grans. Intenta rentar-te les mans tants cops com sigui possible.
- **4. Portar el cabell net.** Anar a dormir amb el cabell brut fa que quedin bacteris al coixí on poses la cara. Així que intenta dur el cabell net per evitar l'aparició de grans.
- **5. Protegir-se del sol.** Encara que et sembli que el sol elimina l'acné, el seu efecte és totalment el contrari. Els grans desapareixen només de manera temporal i després poden empitjorar encara més.

COMENTARIS:

Granets
00000
El pitjor que pots fer quan tens un gra és petar-te'l! Creieu-me!

Sabó especial
Xiiiii
Jo utilitzo un sabó especial cada nit… però la veritat és que després se'm pela la cara…

Fatal
Nooooo
Jo ja no sé què fer perquè em marxi d'una p…. vegadaaaaaaaaa!!!! AAGGRRRRRR!!!!

6 remeis casolans contra les estries

Durant l'adolescència el nostre cos comença a canviar i passem de ser nenes a ser unes dones. Cal que tinguem la nostra pell ben preparada per tal que no ens surtin estries... Aquests són els 6 remeis casolans que podeu prendre contra les estries.

A l'abdomen, al glutis o a les cuixes... Fins i tot als pits! És força freqüent que a l'adolescència ens comencin a sortir algunes estries a causa del canvi i el creixement del nostre cos. És per això que cal tenir la pell ben preparada per no perdre el col·lagen i l'elasticitat de la nostra pell i que es produeixin trencaments de les fibres elàstiques de la pell.

Aquests són els 6 remeis que et poden anar de conya:

- **VITAMINA E**: La venen en càpsules. No només ajuda a prevenir-les, sinó que també elimina les estries si en tens. Només cal barrejar les càpsules amb 5 gotes de lavanda i extracte de camamilla. Tot ho podràs trobar en una herboristeria. Amb la mescla cal que et facis unes fregues sobre la zona afectada per revitalitzar la pell.

- **REMOLATXA:** Cal mesclar la closca de la remolatxa crua amb oli d'ametlla. Cal aplicar-ho durant 15 minuts i treure-ho amb aigua ben freda ruixant amb pressió sobre la zona.

- **PASTANAGA:** Feu una pasta amb pastanaga mig cuita (2 pastanagues, aprox.) i oli d'ametlla. Deixeu-la aplicada 15 minuts i traieu-ho també amb aigua freda.

CONSOLDA: És una planta medicinal que es pot trobar a l'herboristeria. No només va molt bé per a les estries sinó que també per a qualsevol cicatriu que tingueu. Cal que facis una infusió d'aquesta planta i ho apliquis a la zona.

OLI D'OLIVA: El remei més fàcil a falta dels altres ingredients. El pots barrejar amb àloe vera perquè sigui més efectiu o amb farina de blat.

ALVOCAT: Té propietats quasi màgiques. Només cal que el barregis amb una mica d'oli i untis la zona amb estries. Deixa-t'ho durant 15 minuts i esbandeix-t'ho amb aigua freda.

COMENTARIS:

Clau
Dia
Moltes gràcies pels consells... ho provaré.

OTA
Carlota
Jo tinc estries als pits i al cul... és lo pitjor :-(

Ho faré
Sísisi
Ara mateix ho provo i us dic el què!

Et preocupa el teu físic?

Pàg. 244

Tens complexos?

Pàg. 246

Ets presumit/da?

Pàg. 248

- Enamorada del teu millor amic
- Si la timidesa no et deixa expressar què sents...
- Quan la persona que estimes no et tracta com a tu t'agradaria...
- Quan descobreixes que potser no ets qui et penses que ets... Enamorada de la meva millor amiga
- Quan t'assabentes del seu passat i no mola gens...
- Què passa quan et mola el mateix tio que a la teva millor amiga?
- L'amor d'estiu
- Quan els gelos no et deixen viure i et trenquen el cor...
- Després de dir-li que NO, me'n vaig enamorar...

HISTÒRIES D'AMOR

Boniques, tràgiques, dolces, amb final feliç... o no. Històries d'amor real, d'adolescents que com tu busquen el seu príncep blau o una princesa de color taronja.

Situacions que alguns hem viscut i que ens han donat bagatge i experiència per recomanar a altres persones que passen pel mateix camí quina pedra cal no trepitjar si no es vol ensopegar.

Si mai t'has enamorat del teu millor amic, no has pogut oblidar el teu primer amor o no has estat prou valent/a per dir-li a la cara que l'estimes, aquest és el teu capítol. No t'expliquem res que no sàpigues, simplement compartim aquests moments tan íntims amb tots vosaltres perquè en pugueu treure una conclusió i perquè us en pugueu formar una opinió.

Aquest és un recull de les històries que passen cada dia als vostres cors, de situacions que truquen a la porta quan menys t'ho esperes, d'amors viscuts i explicats per alguns de vosaltres.

Enamorada del teu millor amic

«Era com un germà per a mi. Carn i ungla. Cul i merda. Buah! Creia que sense ell no podia viure. Li explicava tot, parlàvem cada dia i m'ajudava un munt amb tots els meus problemes. Quan em passava qualsevol cosa sabia que tindria algú al costat que em recolzaria fes el que fes i sense dubtar-ho ni un moment. Ho sabia TOT de mi i jo TOT d'ell.

»Les hores es van convertir en dies junts. Dies sencers que passaven volant. Només ell i jo, l'un amb l'altre. No estava segura del que sentia per ell. L'únic que sabia era que ja sense ell no podia viure. Petons a la galta però quasi als llavis, abraçades gratuïtes, fregaments inesperats... Allò eren coses de millors amics?

»Ja fa uns dies que no em parla, no sé res d'ell i no m'agafa el telèfon. Necessito saber per què. Què puc fer?»

COMENTARIS:

:((
Anònim(),
Ho sento, no et puc ajudar... xrò a mi em passa el mateix i tampoc em parla :((No sé què li passa... crec k des de que ja no anem junts a l'insti no estem com abans... :(

Pauuuu
Añflk
Des de que li vaig dir a la meva millor amiga per sortir junts que ni em mira, ni em parla… S'ha escapat de la meva vida per sempre. El meu consell? Deixa que les coses flueixin i no et precipitis! Mira el que m'ha passat a mi!

Gemmaaaa
Experiència
El meu millor amic em va demanar per sortir i ja portem 5 mesos… Primer no ho tenia del tot clar, perquè per a mi era un amic i prou… Tenia por de perdre'l com a amic, però la veritat és que les coses ens van genials!

Zep!
Joooo
Estic en la mateixa situació, crec que m'estic pillant de la meva millor amiga. Realment és com si fos la meva nòvia però sense petons. Tinc por de fer el pas perquè així estic superbé i no la vull cagar.

albins
Sowah^^
A mi m'ha passat al revés… El meu nòvio s'ha convertit en el meu millor amic. Li explico absolutament tot i ho és tot per a mi. Johann, t'estimo! :-)

Si la timidesa no et deixa expressar què sents...

«No sé ni si em coneixes... Sec dues cadires més a l'esquerra de la teva. Vaig a la teva mateixa classe i cada matí arribo d'hora a l'insti perquè em fa vergonya que em vegis entrar per la porta i en algun instant els teus ulls es creuin amb els meus. Prefereixo fer veure que llegeixo mentre tu entres i miro de reüll com treus tots els llibres de la motxilla i col·loques la carpeta sobre la taula.

»No m'atreveixo ni a pronunciar el teu nom, Laura. El repeteixo mil vegades dintre del meu cap perquè potser, només potser, algun dia te'l xiuxiuejaré a cau d'orella. Sé que tu mai faràs el pas. Ets tímida com jo, i això m'encanta de tu... Intentes passar desapercebuda, ets una noia més de la classe, que mai la lia, només somriu tímidament quan les seves amigues fan alguna broma. No en tinc ni idea de com em puc apropar a tu... M'agradaria saber-ho i reuniria totes les meves forces per fer el que fos i tenir-te al costat...»

COMENTARIS:

Sé que és difícil
Albyy,
Hola. Per experiència (tot i que sóc noia) sé que és REALMENT MOLT DIFÍCIL dir el que sents a la persona que t'agrada. Jo penso que hauries d'anar-te apropant a ella i, després, demanar-li quedar amb ella i així... t'hauràs d'anar apropant. Petons!

Tímida
Pitiguf
Jo també sóc molt tímida i sempre espero a que siguin els nois qui facin el primer pas... Tinc por que em rebutgin o algo...

Ohhh
Camacuuu!
Quina història tan maca! M'encantaria que el noi que em mola fos el que ens explica això... El meu tampoc em parla, potser és massa tímid per fer-ho!

Infinity
Loveisarroundme
Jo quan veig el noi que m'agrada les cames em tremolen i no sóc capaç de pronunciar una sola paraula sense tartamudejar... Fatal!

Tambéempassa
Noi de Berga
Em sento molt identificat amb el noi de la història d'amor. Sóc molt tímid i tinc por de dir-li a la noia que estimo que em mola...

LOVE
LOVE
LOVE

Quan la persona que estimes no et tracta com a tu t'agradaria...

«No hi ha res en el món que faci més mal que no sentir-te estimat per aquella persona tan important per a tu i que estimes més que a tu mateix. És així com em sento, sense ganes de res perquè ella no em demostra que m'estima. Es passa el dia cridant-me i dient-me tot el que faig malament, el que no li agrada de mi i com voldria que fes les coses. Per molt que intento ser perfecte noto que mai seré prou per a ella. No s'ha parat a pensar mai, ni un moment, que em pot arribar a perdre, pel simple fet que no sap el que s'està jugant. Ella em diu que m'estima. Per a mi dir t'estimo és entregar la teva vida per aquella persona, és donar-ho tot de mi mateix perquè ella sigui feliç... Per a ella es veu que té un significat diferent.

»Porto dies fotut, sense saber què fer perquè cada vegada la cosa va pitjor. Abans potser tampoc em demostrava tant que m'estimava... tot i que no m'ho deia ho demostrava. Ara l'únic que demostra és menyspreu cap a mi i cap a tot el que faig jo. Jo necessito donar i rebre carinyo per saber que realment m'estima i cada cop en rebo menys. No sé què he fet malament o si simplement ja no li agrado. No sé com aguantar aquesta situació i de veritat que el meu cor diu que faci una cosa però el meu cap tot el contrari. Estic fet un embolic!

COMENTARIS:

Mariiiiaaaa

Peti-tona

A mi em va passar una situació semblant… Perdia el cul pel tio que em molava… I t'asseguro que vaig tenir un dilema molt fort… Me l'estimava, però m'estava fent molt de mal. El meu consell és que fins que ella no se n'adoni de com et sents continuaràs patint.

Igualadí

Deixa-la!

Una tia no està perquè et faci patir! Deixa-la! Ja et vindrà al darrere si de debò li importes. Ningú es mereix que el menyspreïn!

Anoooonimíssim

Ñaldkf

Parla amb ella! El millor que pots fer és dir-li com et sents, què et passa pel cap i que estàs a punt de fer.

Anna _la _marrana

Mensepaxut

Si fa això és que no t'estima… s'ha cansat de tu o té algú altre a la ment… Parla amb ella i deixa-l'hi clar, però sobretot no ho toleris!

Letitgo

Flyonthesky

Sé com et sents i és una situació molt complicada. Quan el teu cap i el cor tenen una baralla és difícil que hi hagi un guanyador i que un dels dos no quedi ferit.

Quan descobreixes que potser no ets qui et penses que ets... Enamorada de la meva millor amiga

«No tinc clars els meus sentiments cap a ella. És molt més que la meva millor amiga. Me l'estimo molt. Ho faria tot per ella. M'ha ajudat tant... Quan estic al seu costat sóc la noia més feliç del món. Som inseparables i crec que me l'aprecio de debò, però potser no de la manera que penseu... Vull dir de veritat veritat! M'imagino la meva vida al seu costat i seria genial... Ens ho passaríem tan bé juntes... Cap noi ens faria plorar mai més!!!

»No sé com dir-li tot això, tampoc no sé ni si dir-l'hi. De fet, no sé ni què sento cap a ella. Mai abans m'havia passat això... I si sóc...???? Però, bé que m'han agradat tios... no? Com s'ho prendrà ella? Perdre-la seria el pitjor que em podria passar a la vida i sé que dir-l'hi podria fer que ens distanciéssim... però callar per sempre? Negar el que no sé si sóc??? Massa complicat tot plegat... Si us plau Adolescents..., em podeu donar un cop de mà???»

COMENTARIS:

Consell
Noietta
No sé si et servirà el meu consell, però ho intento. Jo vaig descobrir que era lesbiana al vestuari de l'insti. Em sentia atreta cap als cossos de les meves amigues. Abans m'havia intentat imposar la idea que em molaven els tios per no semblar rara, però quan vaig parar d'enganyar-me a mi mateixa vaig descobrir la meva pròpia personalitat.

Carlins
Añfdkl
Ostres… jo no sé què dir-te, no tinc experiència en aquest àmbit, però crec que si és la teva millor amiga l'hi hauries d'explicar… Si és bona amiga segur que ho entendrà!

Dalton
Jordiet
Crec que el que hauries de fer en primer lloc és aclarar-te… Deixa passar un temps i ja es veurà si et van o no les ties! Quan ho sàpigues, aleshores actua!

Miki
Cadiraaa
Intenta't trobar a tu mateixa, la teva sexualitat, no et deixis influenciar per res ni per ningú. Estic d'acord amb el de dalt que primer t'has d'intentar aclarar. Ser gai o lesbiana no és cap problema! És del tot normal!!!

HanahBanana
Sweethome
Jo si fos la teva amiga ho entendria de debò! Els millors amics són per fer-se costat en qualsevol moment i qualsevol situació!

Quan t'assabentes del seu passat i no mola gens...

«Fa 6 mesos que estic amb ell i em semblen els més curts de la meva vida. Estic tan feliç al seu costat... No vull perdre'l per res del món. Fa dos dies la meva millor amiga, però, em va dir una cosa que no em va agradar gens... Durant les convivències, just quan ell i jo ens vàrem començar a enrotllar, es va liar amb ella. Em fa molta ràbia que tots aquests mesos m'ho hagi estat amagant!!! Em sento traïda tant per ell com per ella... Per què no m'ho han dit fins ara?

»Sincerament, si hagués sabut que l'Helena també s'hi havia liat potser no havia començat ni a sortir amb ell... Però: per què jugava a dues bandes? No en tenia prou amb mi? L'Helena em diu que he d'estar contenta, perquè finalment m'ha escollit a mi i ara estem de puta mare... que no m'he de ratllar per res... Però això no fa que el meu sentiment d'impotència i ràbia s'esvaeixi...»

COMENTARIS:

Itxet
Bitxooo
A mi em va passar una cosa semblant... Vaig conèixer un noi, amb qui ara mateix estic sortint, i mentre m'estava coneixent em va amagar que s'estava veient amb una altra... Finalment es va decidir per mi.

Noway
Si em passés a mi
Jo ho tindria ben clar si em passés a mi i li pegaria un xut al cul a l'amiga i al nòvio. Una cosa així no te la poden amagar!!! Cabrons everywhere!

No té per què
Silvi
Jo no penso que hagin fet res malament, no són banyes. Simplement crec que no t'ho van dir per protegir-te, perquè sabien que et faria mal... Però finalment t'ho han dit, no?

Gusis
Ràbia
Fot molt quan et fan això! Però a empassar-se l'orgull s'ha dit!!! Pensa en el present i no tant en el passat! Viu el moment!

Mentidapiadosa
Ratlladamàxima
Penso que no t'hi has de capficar, és normal la ràbia que sents, perquè sé del que parlo. A mi també m'ha passat. Pensa si de debò val la pena amargar-se per una cosa que ja ha passat i que no pots controlar.

Què passa quan et mola el mateix tio que a la teva millor amiga?

«Ell anava a la nostra classe i el vèiem cada dia. Ens agradava molt i teníem l'agenda plena del seu nom. El nostre somni era estar amb ell... però un dia va començar a tontejar "a sac" amb mi. Al principi estava superil·lusionada, però li vaig començar a amagar a la meva millor amiga que cada nit xatejava amb ell pel Facebook.

»Hi va haver un moment que la cosa va ser inaguantable. El veia allà, davant meu, i necessitava reprendre la conversa que havíem tingut la nit anterior. Però com m'ho feia sense haver-l'hi de dir a la meva millor amiga i no fer-li mal? Vaig decidir quedar amb ell a l'acabar l'insti, posant-li mil excuses a la meva amiga per no tornar amb ella. I va arribar el petó, un petó tendre i desitjat. Em va sonar amarg i a traïció. Em sentia supermalament per haver traït la meva amiga.

»Adolescents, ajudeu-me... no sé què he de fer!!! L'hi he de dir a la meva amiga? Creieu que ho entendrà, que m'estigui enxoixant d'ell? Penseu que la perdré???»

COMENTARIS:

Perdoneuperòalguhohaviadedir
Uaska!
Una mica cabroneta sí que ets, xata!!! Però de totes maneres crec que l'hi has de dir per no trair-la (tot i que una mica ja ho hagis fet…).

Esteveeeee
Amics
A mi em va passar que al meu millor amic i a mi ens molava la mateixa tia i al final li vam dir a ella que decidís. Per sort s'ha quedat amb mi, però el meu amic ja té una altra xurri que també és superbona pava… En realitat, si sou amics ho compartireu tot i ho entendreu.

@

Nelly
Juasjuas
Penso que si el noi t'ha escollit a tu, tu no en tens la culpa… i la teva amiga que es foti una mica. Ha d'estar contenta per tu, crec jo... vamos!

Paulaaa
Failaafailaeee
Doncs per a mi és una mica falta de respecte cap a la teva amiga: primer perquè li has fallat i segon perquè li has mentit…

Anòoooonims
Amor
L'amor és un sentiment irracional que et fa perdre la vista i de vegades el seny. No dic que el que hagis fet sigui lloable, però és completament normal.

I'minlove
Enamoradeta
Jo també he fet autèntiques bogeries per no perdre la persona que estimava i m'he quedat sense amigues per culpa d'això. Penso que l'amor és important, però els amics encara ho són més.

L'amor d'estiu

«La veia cada estiu quan anava al poble. El seu somriure era el més bonic que havia vist mai. Petons sota la llum de la lluna, passejades eternes que passaven volant, nits en vetlla parlant de les nostres coses... Només ella i jo, una combinació perfecta.

»L'hivern és dur i la vida imperfecta. La trobo molt a faltar. Xerrem per WhatsApp quasi cada dia, de tant en tant ens passem hores al telèfon. Però ja no és el mateix. Crec que ella s'ha oblidat de mi. Sento com si tingués algú més que la fa feliç sense que jo estigui al seu costat. En part estic content per ella, però l'altra part es mor de gelos i de ràbia. Gelos de saber que m'ha substituït per algú altre, ràbia per no poder estar al seu costat quan me'n moro de ganes.

»Em diuen que em menjo massa l'olla per ella, que segurament ja té algú més... que la tornada a la normalitat ha fet que s'oblidés d'aquells petons i carícies màgiques que la feien tan feliç... Estic disposat a tot per retrobar-la. A anar fins a la fi del món per poder estar amb ella ni que sigui un instant. A buscar-la fins a trobar-la. A fer-la somriure de nou.»

I ♥ U

COMENTARIS:

Kitx_x
x.x.x.x.
Estàs ben enxoixat, nano! Qui et va parir! Hahahaha!

Putada!
Nona
No poder veure la persona que més estimes és una putada. El meu nòvio i jo vivim a molts km de distància i quasi mai ens veiem… Tinc por que això es refredi i acabi malament.

Cata_lufa
Whatsapp
El Whatsapp realment és una merda per parlar amb algú, de vegades es poden interpretar coses que no són.. Jo de tu faria un Skype. AH! I si realment parleu cada dia hores per telèfon no pateixis… vol dir que encara t'estima!

Jovullunnoiaixí!
Afortunada!
Aquesta noia es pot considerar molt afortunada de tenir-te al seu costat. Segur que no et deixa perdre… Hi ha algun altre noi com tu en aquest món que es pugui fixar en mi?

Bogetabojan9
Uoooo
Quina història tan maca!!! Snif! Snif! Tant de bo puguis tornar-la a veure i siguis feliç amb ella!!!

Quan els gelos no et deixen viure i et trenquen el cor...

«L'estimava amb bogeria. Portàvem 6 mesos junts i per a mi havien estat els millors de la meva vida. Els millors fins que va aparèixer ella, una noia de la qual em sabia tota la seva vida i sobre la qual cada dia havia d'escoltar trenta mil històries. Perquè la Berta era genial..., que avui amb la Berta hem fet això, i a classe ha passat això altre... Ah! Per cert! Avui no puc quedar perquè vaig al cinema amb la Berta. Hola??? Sóc jo la seva nòvia i no ella! Ella ja el veu tot el dia a l'insti! Què passa, que no en té prou??????!!!!

»Aquesta situació ja fa massa que dura. Jo entenc que sigui la seva millor amiga, però és que realment està més amb ella que amb mi i estic començant a dubtar de si l'estima més a ella que a mi. No en tinc ni idea del que he de fer. El faig triar entre ella o jo? I si finalment prefereix tenir-la a ella d'amiga que a mi de xicota?»

COMENTARIS:

NOOOO!
Si l'estimes de debò…
Si l'estimes de veritat no l'obliguis a triar… perquè per a molts els amics són més importants que la parella… Penso que has de confiar en ell.

Speakandact
Parla
Hauries de parlar amb ell i dir-li el que sents i com et sents quan parla d'ella… Si veu com pateixes i t'estima de debò posarà fil a l'agulla per arreglar aquesta situació.

Lluís
Històries
Les ties sou molt complicades i us feu unes paranoies de la parra! Què passa, que no pot tenir amigues sense que passi res?

Lliureitropical
Lanoiadelmaresme
Jo també em posaria molt gelosa si el meu nòvio deixa de quedar amb mi per quedar amb la seva millor amiga… És com per replantejar-s'ho… la veritat.

Sk8_dani
Amiga?
Jo crec clarament que aquest paio és llest i juga a dues bandes!!! Ningú més ho ha pensat? O sóc jo que tinc la ment bruta i perversa?

Després de dir-li que NO, me'n vaig enamorar...

«Fa uns mesos vaig conèixer un noi i d'ençà fins fa una setmana ens hem vist cada dia. Ho sabíem tot l'un de l'altre, érem com dos peces d'un puzle unides per un mateix punt. Érem com parella sense ser-ho... jo no estava preparada per tenir una relació i ell semblava no entendre-ho de cap de les maneres. Quan li vaig dir que NO, que no volia sortir amb ell, va desaparèixer de la meva vida. Aleshores van venir els meus plors i l'angoixa perquè el necessitava al meu costat. No em vaig adonar de com l'estimava fins que el vaig perdre... Vull tornar enrere en el temps, dir-li que li puc donar el que ell vol, que ara sóc jo qui desitjo que siguem parella... He intentat retrobar-me amb ell però no hi ha hagut manera. Una sola paraula ha canviat completament la meva vida.»

COMENTARIS:

Anonikaejar
No et mola gens
Jo crec que no et mola... que simplement el volies perquè t'anés al darrere i quan l'has perdut el trobes a faltar… Vaja, és la meva humil opinió.

Elnoidelarenfe
Pip piiiiiip
De vegades no pensem prou que tot el que diem i fem té conseqüències… Hi ha gent que espera que hi hagi segones i terceres oportunitats… i les coses no van així. El tren no espera.

A mi m'ha passat
Hells
T'entenc perfectament… A mi també m'ha passat una cosa molt semblant i és bastant putadot… Per sort vaig parlar amb ella, m'ho vaig currar i ara sortim junts.

Booooh
Típic
És lo típic que no et mola fins que comença a sudar de tu… Hahaha, sí que passa, sí!

Nonimuuus
Sensenom
No ens adonem de com és d'important una persona per a nosaltres fins que no la perdem… Hem d'aprendre a valorar més el que tenim quan ho podem gaudir…

El meu amor serà per sempre?

Pàg. 250

T'has enamorat de la persona equivocada?

Pàg. 252

Penses amb el cap o amb el cor?

Pàg. 254

- Saps quins colors et queden bé?
- Com puc combinar els colors?
- Els bàsics que sempre has de tenir de fons d'armari
- Com puc dissimular la panxa?
- Sóc massa prima, quin tipus de roba em pot quedar bé?
- Com sé si la roba que porto és adequada a la meva edat?
- Tinc un casament i sóc adolescent. Quins tipus de vestit puc portar?
- Començo a sortir de festa i no sé què posar-me
- Roba que mola més als tios
- Digues com vas vestit i et direm com ets

MODA

Tenim l'armari ple de roba i no sabem què posar-nos. Ens comprem coses noves sense pensar amb què poden combinar... Ens fa por donar una peça de roba a Càritas per por que algun dia t'ho hagis de posar i prefereixes tenir-la entaforada en algun racó del teu armari abans que una altra persona la pugui fer servir. Això s'ha acabat! En aquest capítol que s'ha currat la nostra redactora Chic intentarem posar solució a tots els teus problemes.

Tinguis l'estil que tinguis, et posis la roba que et posis, et donem els millors consells per anar estilós/a allà on vagis.

Que tens una cita? No problem! Que vols dissimular la panxa? Don't worry! Que vols ressaltar encara més les virtuts del teu cos? No paris de llegir!

◗ Perquè no cal tenir tota una planta del MANGO, H&M o ZARA per estar pivon/a, ni tampoc ser un figurí per portar la roba amb glamur! Descobreix els secrets més ben guardats per sentir-te a gust amb la roba que portes i els colors i els estampats que et queden millor segons la teva manera de vestir.

Saps quins colors et queden bé?

Segons el teu color de pell, d'ulls i de cabells et quedarà millor un tipus de roba o un altre. Avui et volem donar els millors consells de moda per saber quin color t'afavorirà més segons l'aspecte que tinguis.

Els colors diuen molt d'una persona. La mateixa persona vestida amb un color o amb un altre pot canviar completament. Per saber quins colors et queden bé has de tenir en compte aquests 3 aspectes:

- COLOR DE PELL
- COLOR DE CABELLS
- COLOR D'ULLS

	Gamma colors freda	Gamma colors càlida
PELL	Clara/Rosada	Morena
CABELL	Ros clar/negre/pèl-roig	Castany/ros fosc
ULLS	Negres, blaus, grisos	Marró, mel, verd

Només que coincideixin dues característiques ja sabràs quin tipus d'harmonia et queda bé. EXEMPLE: castanya, ulls blaus i blanca de pell: gamma de colors freda perquè en té dues característiques i de la càlida només una. Una vegada sàpigues el tipus d'harmonia has de tenir present el següent:

- **Si la teva harmonia de color és càlida:** Si vols donar una imatge de tu més neutra i seriosa utilitza tons torrats o colors pastel, si en canvi vols donar una imatge trencadora, vesteix-te amb tons freds.

- **Si la teva harmonia de color és freda:** Si vols ressaltar el teu rostre utilitza colors més càlids. Un vermell o granat pot resultar supertrencador. Si no tens ganes de destacar, vestir-te d'un to blau fosc o gris et pot anar d'allò més bé.

➜ Colors de roba per a rosses

Els colors de roba que millor queden a les rosses són els blaus en totes les seves gammes, el granat, els verds foscos, el violeta, el marró xocolata, el gris, el blanc i el negre. Els colors que poden quedar malament a les rosses són el groc, el taronja, el beix, el rosat i els verds clars.

➜ Colors de roba per a pèl-roges

A les pèl-roges en general els queden bé els mateixos colors que a les rosses, especialment el blau marí, el verd anglès, el marró xocolata, el blanc i el negre. Els colors de roba que no afavoreixen les pèl-roges són vermells, taronja, groc, blau cel, rosat i verds clars.

➜ Colors de roba per a les morenes de pell clara

Els colors que afavoreixen les morenes de pell clara són el rosa, els blaus, verds clars, lavanda, blanc i negre. Els colors que han d'evitar són marrons, beix i grocs pàl·lids.

➜ Colors de roba per a morenes

Els colors que millor queden a les morenes amb tons de pell fosca són els colors clars, blanc, lavanda, rosa, groc, vermell, taronja. Els colors que no afavoreixen les morenes de pell fosca són blaus foscos, marró, beix, violeta i verd fosc.

➜ Colors de roba per a castanyes de pell clara

Els colors que afavoreixen les castanyes de pell clara són els colors vius, vermells, rosa, taronja, blau, blau cel, verd molsa, xocolata, gris, blanc i negre. Han d'evitar els grocs pàl·lids, el verd fosc i el beix.

➜ Colors de roba per a castanyes de pell fosca

El blanc és un dels colors que millor queden a les castanyes de pell fosca, igual que el lavanda, el verd clar, el rosa, el blau cel, el groc, el taronja i el vermell. Els colors a evitar són marrons, beix, gris, blau fosc i verd fosc.

Com puc combinar els colors?

Saber combinar colors és superimportant a l'hora de vestir. Depenent de l'estació de l'any podem portar un color o un altre... Aquí tens algunes pautes que t'aniran bé a l'hora de combinar. COLOUR PAWAHHHH!!!!

- NO PORTAREM COLORS FLUOR O LLAMPANTS A L'HIVERN: **Qui vesteix de color fluor a l'hivern canta més que la seva iaia a la festa dels súpers.** Si no vols donar la nota millor que evitis aquests colors quan encara fa fred.

- COMBINA AMB GRÀCIA: Perquè no sembli que vas de camuflatge utilitzant sempre els mateixos tons, **està bé fer combinacions que saps que et queden bé.** Per exemple, no barrejarem mai un blau marí amb un negre... Són colors de tonalitat molt semblant que quasi mai donen un resultat favorable.

- QUINS SÓN ELS COLORS TOT TERRENY? Són aquells que majoritàriament **combinen amb tot: el negre, el blanc i el gris...**, així que és molt recomanable que sempre tingueu peces d'aquests colors a l'armari! Segur que les utilitzareu molt per combinar-les amb qualsevol dels altres colors.

- CALOR, CALOR... QUINA CALOR QUE FA! Quan ve el bon temps, la primavera i l'estiu, tots tenim ganes de posar-nos aquelles peces amb més color que tant afavoreixen, i més quan estem una mica més morenets! Així que el turquesa, el rosa, el taronja i el blanc són una molt bona opció per lluir-los en texans, shorts, faldilles i vestits. (Tot i que sempre hi ha les típiques que **quan arriba la calor et sorprenen amb una FAF* o una FAG.**)**

FAF*: Faldilla Arran de Figa

FAG: Faldilla Arran de Gespa (El mateix que la FAF però quan la cosa està més crescudeta...)**

COMENTARIS:

Kuki23
Faf
Això de la FAF em sona molt a les que porten les chonis poligoneres... Molt fan!

Jordipatordi
Cul de cirera
Moltes gràcies per això dels colors! La veritat és que sóc força maldestre a l'hora de combinar-los. Per cert, blau fosc amb negre es pot portar? És un dubte que sempre he tingut!

XaviS.
Colorins
Doncs jo dec cantar més que la meva iaia a la festa dels súpers, macho... Semblo un pantone complert de tants colors que porto a sobre!

Els bàsics que sempre has de tenir de fons d'armari

Són moltes les peces bàsiques que mai passen de moda i que sempre tenim o hauríem de tenir al nostre armari, aquelles que sempre van bé i més d'una vegada et treuen de dubtes sobre què posar-te o amb què posar-t'ho.

✓ **SAMARRETES DE COTÓ:** n'hi ha d'amples, estretes, de camioner; de màniga curta, mitja màniga o màniga llarga; de tira gruixuda o tira prima; amb escot de pic o coll rodó... És molt útil tenir-ne de molts colors o, si més no, dels bàsics: el negre, el blanc, el gris i el marró o beix.

✓ **TEXANS:** Una altra peça essencial a tenir en el nostre fons d'armari són els texans, estrets o amples depenent del teu estil, i n'hi ha de molts tipus, com els trencats, els desgastats, foscos o clars, etc. Mai passaran de moda i amb una simple samarreta o jersei aniràs molt guap@!

✓ **JERSEI DE LLANA, PUNT O COTÓ:** Atenció, no intenteu portar tots 3 tipus de jersei a la vegada o semblareu una ceba. Segur que al vostre insti identificareu el típic/a que va perdent les seves capes de roba a mesura que avança el dia...

✓ **VESTIT O CAMISA:** Cal tenir una peça de vestir més formal per a tot tipus d'esdeveniments. Per a les noies, un vestit bàsic de màniga llarga de color fosquet per a les èpoques més fresquetes i un altre de tirants o màniga curta de cotó, estampat o llis, per a quan surti el sol i la calor s'acosti. Per als nois una camisa, a l'estiu de màniga curta i a l'hivern de màniga llarga

✓ **SABATES I BOTES:** El teu calçat ha de ser adient a l'època de l'any però també ha de ser còmode si no vols acabar amb les sabates a les mans!!!

COMENTARIS:

Kirson
Hipster!
Em posen a sac les nenetes que vesteixen amb jerseis i camises de quadres dels seus pares. Rollo Hipstah!

Laions
Samarretes
Sóc de les típiques que em poso 30.000 capes a sobre per no passar fred. El problema està quan no saps on les deixes i les vas perdent.

Rogeret
Adlkfje
M'encanten les noies quan porten samarretes de màniga curta totes llises amb texans..., les veig i bffffffff!

Com puc dissimular la panxa?

Moltes ties tenim complex amb la nostra panxolina... però també hi ha nois que en tenen, i això ens sol preocupar a l'hora de vestir. DON'T WORRY, tenim la solució! Aquestes són algunes de les maneres per dissimular panxa només amb el teu vestuari.

- **Evita el fenomen tall rodó:** Si vas gaire embotit/da semblaràs aquell tall rodó farcit de pernil i formatge que prepara la iaia.
- **Les bruses o camises:** Portar una part de dalt ampla i evitar el cotó i la lycra farà que no et vegis enxubat/da.
- **Jerseis amplets però no excessivament grans:** No cal que li xinguis el jersei al papa... Només cal que te'l compris una mica grandet.
- Les noies podeu provar les **samarretes o vestits estil «Peplum»**, que són estrets de pit i després són amples, justament abans de la cintura. Per tant, són perfectes per amagar la panxa i fer que no es noti gens!
- **Pantalons altets;** no estem dient que et compris pantalons com els que porta la teva mare, sabem que us agrada anar amb pantalons una mica baixos, però els pantalons que van just per sota del melic són una molt bona opció! Et quedaran just per sobre la panxeta i per tant l'amagaran! Pensa que si portes alguna samarreta més ampleta i llargueta, no es distingirà que són pantalons alts, perquè quedarà per sobre i no es veurà!

- **Camises o samarretes amb ratlles o dibuixos verticals.** Aquests estampats sempre afavoreixen; creen un efecte òptic que farà que puguis dissimular la panxa.

Avui en dia quasi totes les peces de roba que es porten són més aviat amples, i si ens hi fixem, a les passarel·les més importants del moment no se'n veuen, de molt estretes; és més «fashion» lluir una part de dalt més ampla o més vaporosa. Així que per a tots els que no ens agrada la nostra panxa estem de sort perquè quasi tot el que trobareu a les botigues és d'aquest estil!

COMENTARIS:

Zoey
Fora complexes!
Totes tenim panxeta..., vulguis o no és inevitable! A mi ja me la pela i a qui no li agradi que no miri.

Palomita
Pèlrogeta
Quan veus algunes noies tan però tan embotides de vegades penso que ho fan perquè els agafi un tall de respiració i algú els faci el boca a boca.

Xandreta
Xoxoxoxo
Nenes! Ara sí que estarem estupendes!

Sóc massa prima, quin tipus de roba em pot quedar bé?

Tots coneixem el nostre físic i sabem quina és la roba que ens queda bé i quina no. Per a algunes noies ser excessivament primes és un problema a l'hora de vestir. La idea és que busquis donar-li forma a les caderes, els glutis o els pits. Això ho podries aconseguir d'aquesta manera:

» JUGA AMB LES PECES AMPLES I AJUSTADES: Utilitza peces de roba amples allà on vulguis donar volum al teu cos. Posar-se una jaqueta amb una brusa a sota és una bona opció per donar més sensació d'amplitud.

» PER TENIR UN CUL COM UN PANDERO... Si les teves cames són llargues els hi pots treure partit utilitzant una faldilla globo per sobre del genoll. Opta també per jaquetes que et quedin per sobre de la cadera. Els pantalons amplets també són una molt bona opció.

» CREA FORMES A LES ZONES DESITJADES! Et pots atrevir amb tallatge molt estret o molt ample depenent d'on vulguis donar volum. Has de saber que les màniques llargues redueixen visualment la llargada de les cames i donen volum a les caderes!

» POSA'T ACCESSORIS! Si tens una cintura molt marcada escull cinturons una mica amples; un fulard o bufanda t'anirà molt bé perquè dóna volum d'una manera original. Les polseres grans donaran una mica de volum i suavitat.

XXX

» ELS COLORS ADEQUATS. Et pots permetre qualsevol color, no dubtis a portar colors alegres, com el vermell o el groc. Si no vols semblar primeta atreveix-te amb colors clars i juga amb els contrastos: colors clars per a les parts de dalt i foscos a baix, o a la inversa! Els estampats grans són els teus amics, sobretot les ratlles horitzontals.

Tingues en compte que t'has de vestir amb allò que et sentis totalment còmoda i sobretot que et vegis bé i t'agradis!

COMENTARIS:

Pera
Gusilus
A mi sempre m'han dit que tinc forma de pera... poc pit i un cul com una plaça de gran!

Bibiosca
Mercyy!
Moltes gràcies pels consells! Ara ja sé què posar-me perquè sembli que tingui una mica més de pit! M'heu ajudat molt!

René
Noi
Sóc noi i espero que això també serveixi per a nosaltres... Petons per a tots!

Com sé si la roba que porto és adequada a la meva edat?

Tothom vesteix d'una manera o altra depenent de l'edat i del cercle social en què es mogui. A l'adolescència es passa per moltes èpoques i situacions que marquen com vestir. Normalment la roba que es du en aquestes edats sol ser:

NOIES

- Samarretes bàsiques amb no gaire escot.
- Camises obertes.
- Texans o pantalons estrets de colors.
- Vambes tipus converse.
- Ballarines i botes planes, les noies.

- Vestit de cotó de tires per a l'estiu i un de màniga llarga per a l'hivern.
- Jaquetes, molt combinables amb samarretes bàsiques o camises a sota.
- Unes sabates de taló, per sortir de festa o per a qualsevol tarda que vulguis anar una mica més arreglada.
- Faldilla.
- Bolso; en pots tenir un de gran que et serveixi per quan vols anar a fer una volta i un altre més estil bandolera.

NOIS

- Texans.
- Vamba esportiva.
- Dessuadores amb o sense caputxa.
- Camisa.
- Jersei de cotó amb coll de pic o coll rodó.

- Sabata, per a aquells dies que vols anar més arreglat, o per sortir de festa!
- Jaqueta motera.

Quan ets adolescent el fet d'anar a l'institut condiciona bastant el vestir, tant per por del que diran, que critiquin i sentir-te observat, com per no voler destacar gaire en l'entorn. És per aquest motiu que la majoria d'adolescents tenen estils similars segons l'ambient en què et mous. Desenvolupar la teva pròpia personalitat és superinteressant i enriquidor, per això et recomanem que siguis tu mateix/a i que deixis estar els altres! El més important és que cadascú se senti còmode i que llueixi el que realment li agrada.

COMENTARIS:

Pubilleta39
Noies
Hi ha una noia de la meva classe que realment sembla que tingui 30 anys per com va vestida... De veritat! Hi ha gent que va a l'insti com si anés a una discoteca #aixòpassa

More
Or less
Al nostre insti no ens deixen anar amb pantalons curts a l'estiu, ni els nois ni les noies... i passem una calor QUE TETORRAS!

Littleliar
hannah
Jo crec que a cada lloc s'ha de vestir d'una manera determinada… és a dir, no aniré a la platja com vaig a l'insti ni tampoc aniré a una boda com vaig a esquiar… M'explico?

Tinc un casament i sóc adolescent. Quins tipus de vestit puc portar?

Els adolescents han de vigilar una mica més el que es du en un casament o per a algun sopar o cerimònia formal, bàsicament perquè el cos i la cara reflecteixen joventut i cal portar vestits que s'adeqüin a l'edat.

NOIES

Els vestits paraula d'honor i amb faldilla volada pel genoll són una molt bona opció, el tallatge és juvenil i fresc i els colors podrien ser rosa claret o nude, blanc trencat o marfil, blau marí, entre d'altres.

Si la situació requerís portar un vestit de gala, un vestit llarg fins als peus de tirants finets també podria quedar perfecte. El podries dur amb sabates de poc taló i un semirecollit o cua alta.

NOIS

Nois, el vostre vestuari és més senzill a l'hora d'anar a un casament; amb esmòquing negre amb camisa blau cel i sabata negra de pell o de xarol estareu guapíssims! Podeu combinar-ho amb o sense corbata! Aquesta última opció dóna un toc més juvenil!

COMENTARIS:

Aniol
Sega21
El meu germà Eudald es va casar farà uns mesos i mons pares insistien que portés esmòquing... La veritat és que estava molt pivón!

Mery
Thanks
Merci pels consells! A la primavera que ve tinc la comunió de la meva cosineta i m'aniran molt bé.

Txell
Pitita
No suporto les noies que van a les bodes disfressades com si en fossin el pastís.

@

Començo a sortir de festa i no sé què posar-me

Si encara no has sortit de festa amb els teus amics i amigues és normal que comencis a tenir-ne ganes. Normalment les noies volem sortir de casa ben maques perquè tothom ens vegi guapes i sobretot per agradar a aquell noi que tant ens agrada... El que s'ha de tenir en compte és que s'ha d'anar arreglada però adient per sortir de festa.

Recomanacions:

- NO VULGUIS SEMBLAR MÉS GRAN DEL QUE ETS.
- SI VOLS ANAR AMB TALONS PORTA UNES BALLARINES DE RECANVI AL BOLSO.
- NO ET MAQUILLIS MASSA!
- NOIS, VIGILEU EL CALÇAT! A moltes discos no et deixen entrar amb segons quines vambes.
- NO VAGIS MASSA FRESC/A, ET POTS CONSTIPAR!
- Si portes vestit o faldilla, que no sigui molt curta.
- No et posis un vestit estret i curt amb talons molt alts!
- No et facis pentinats com si anessis a un casament... El cabell deixat anar o amb un recollit senzill és la millor opció.
- Vigila amb el pintallavis vermell... Si et maquilles molt els ulls utilitza un color de llavis brillant o nude.
- No us poseu molta colònia o perfum, depèn de quin pot marejar!

LET'S PARTY

Amb uns pantalons o leggings negres, unes sabates o botes amb poquet taló i una brusa o samarreta estampada, brillant, de tires o màniga curta aniràs guapíssima! També un vestidet per sobre del genoll, paraula d'honor, màniga curta o tirants, és una bona opció. És recomanable no ensenyar més del compte, a nivell d'escot i cuixa. Els nois podeu anar amb uns texans, trencats, desgastats o més estrets, amb una camisa de màniga llarga i una jaqueta de pell o dessuadora! Una altra opció per al sector masculí seria pantaló fosc amb samarreta de coll rodó o pic i una camisa de quadres oberta.

COMENTARIS:

Fiestero92
Choni la genteestámuloka
Jo ja fa temps que surto de party! No em calen els consells ;)

Lena
Blueberry
Jo sempre m'emporto unes ballarines de recanvi al bolso. No aguanto tota la nit amb talons... després et foten un mal els peus...

Ferran
Vambes
M'ha passat més d'una vegada... No entenc per què no et deixen entrar si vas amb vambes... Què té de dolent? Hi ha gent que entra amb unes sabates ridícules...

Roba que mola més als tios

Tot i que els nois són una mica negats amb el tema moda i roba, tenen algunes preferències i algunes debilitats amb la roba de les noies! Aquí teniu les cinc peces de roba que més els agraden a ELLS!

Camises o vestits que deixen l'esquena descoberta

Les ballarines

Els talonacos

Els leggings

La roba interior insinuada...

Noies, i a vosaltres... quina roba us agrada més per als nois?

COMENTARIS:

Moooon
Nyuuuuuu
A mi que em vinguin amb uns calçotets bòxers i llestos! :P

Jourith
Ooooh
Saps quan porten una samarreta interior de tirants marcant-ho tot? Buahhhhh! Em posa toperraka!

Quinto
Àlex
Sóc noi i em posa molt xondo quan un noi va marcant el culet amb uns texans...

Lavinge
Frrrrrrr
Jo no suporto anar amb talons... tot i que he de reconèixer que queda bé a la vista...

Liiiidi
Spidi
Depèn de quins leggings queda una mica choni..., la veritat...

Digues com vas vestit i et direm com ets

Tens algun estil a l'hora de vestir? Segueixes alguna moda o tendència? Digues com vesteixes i et direm de quin pal vas...

- **PIJETS:** Vesteixen amb roba de marca, colors pastel i roba poc llampant. Les noies sovint porten arracades de perla, botes rotllo descanso a l'hivern i shorts «supercukis» amb samarretes moníssimes a l'estiu. Segueixen molt la moda i si aquell any toca anar de ratlles no dubten a anar ratllats tota la temporada. Als nois sovint els compra la roba la mamà (pronunцieu mamà, amb accent a la «à»), però sobretot ha de ser d'una marca determinada!!!

- **PIHIPPIES:** No confondre amb «perro flautes». Els seus papis tenen pasta però a ells els mola anar en plan hippie. Duen polseres i collarets amb els símbols de la pau, elles porten leggings i faldilles amb estampats ètnics, samarretes grans i fins i tot tallades per ells/es mateixos/es. Els nois sovint porten arracades d'aro i els mola portar samarretes de tirants insinuant els pectorals i deixant veure part del seu tors.

- **HIPSTERS:** No deixen anar la seva fixie per res del món. Vesteixen i decoren amb elements vintage tot el que troben. Els mola 30.000 vegades més allò antic i de 2a mà que allò acabat de sortir del forn. Camises de quadres, florejades, barrets... Tot allò que quedi antic s'ho posen. AH! I no oblidem les dessuadores i les ulleres enooooormes!

- **SKATERS/SURFERS:** Si els hipsters no deixen anar la fixie, els skaters i els surfers van a tot arreu amb la seva taula. Encara que vagin de compres entren al centre comercial patinant, i es comuniquen entre ells des de dalt de la taula. Recentment han sortit models més plasticosos, petits i llampants que s'han posat molt de moda entre les noies skaters... Els nois, en general, prefereixen l'skate comú.

- **POPIS-CULTURETES:** Els encanta tot el que tingui a veure amb la música i el cinema alternatiu. Barrets, corbates, ulleres de pasta... són complements indispensables per a un cultureta. Les samarretes friquis de pel·lis i sèries també són peces comunes entre el seu vestuari, així com tenir una espasa làser o una màscara de Darth Vader.

- **ALTERNATIUS:** Van en contra del sistema. Dintre d'aquest grup entrarien hippies, okupes, perroflautes... en definitiva, el que anomenaríem «alternes». Creuen que un altre sistema és possible i per això lluiten per aconseguir-lo.

- **HEAVYS:** Samarretes negres, melenes llarguíssimes i negres (de vegades costa diferenciar d'esquena un tio d'una tia)... La música és el seu modus vivendi, normalment són membres d'un grup de música i els seus veïns han de dur taps quan assagen a l'habitació.

- **PUNKIS:** Són superfans de les crestes i els cabells de tots colors. Utilitzen sabó de llangardaix per tal que se'ls aguanti la cresta. Presumeixen de botes negres i pantalons superajustats (de vegades de colorins o amb textures). Comparteixen amb els gòtics que baixen a Barcelona a comprar al carrer Tallers.

- **CHONIS:** Tribu urbana que es caracteritza per anar amb xandall i malles de lleopard. Els nois van rapats i porten «aracos» enormes (les noies, també). Elles porten tupés estrambòtics i cues superaltes. Portar un «sello»

d'or és un element indispensable del seu vestuari. Les vambes i les plataformes són el calçat més habitual dels chonis. A elles els encanta anar a Gandia per posar-se morenes i presumir de «berthas» i ells volen estar «mazats» com els de «Mujeres y hombres».

- **NORMALS:** És el que tothom et diu quan preguntes de quin pal vas. Jo sóc normal, vesteixo normal, el que porta tothom... Però no tothom va vestit igual, no?

- **MUTANTS:** Depenent del seu estat d'ànim es vesteixen d'una manera o d'una altra. Tenen roba de diferent tipus i sovint no saben com combinar-la. D'un dia a l'altre poden canviar tan radicalment d'estil que poden semblar persones diferents.

ATENCIÓ: Aquests són estils supergenèrics i sabem que en falten molts més! No volem que ningú se senti ofès amb la descripció i ens agradaria que ens ajudéssiu a completar la llista!

COMENTARIS:

Xip
Iron
Tothom qui diu que es considera «normal» menteix.

Firiplautica
Lololo
És trist però és així. Tothom té una mica d'inspiració d'aquests estils a la seva vida… Depenent de l'entorn cultural en el que es mogui, de les amistats, del tipus de música que escolti…

Biciman
Moustache
Fans de Hipsers que diuen: fem una muffin al starbi i ens fem fotos amb l'iphone passades per l'instagram?

Qui és qui?

La pija, el hipster, la pihippie... Perquè encara que no ho vulguem tots tenim el nostre estil. Quin és el teu?

Relaciona cada dibuixet amb la seva descripció i descobreix quines són les teves referències i fonts d'inspiració.

(Solucions a la pàgina següent)

A

B

F

G

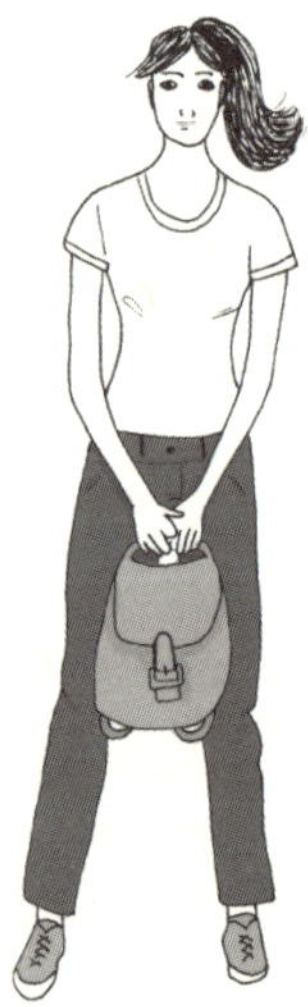

H

C

D

E

I

J

K

AQUÍ TENS LES SOLUCIONS:

A. Chonis; Pin pan, nano! Està to wapooo no aquest joc? Si és que ets tot un màkina xavaaah!

B. Popis-culturetes; Com diria Mia Wallace a Pulp Fiction: Per què és necessari dir tantes gilipolleces per sentir-nos a gust? Sincerament, els popis culturetes som com som.

C. Pihippies; L'has clavat més que Txarango interpretant "La dansa del Vestit" a les festes de Gràcia! En sèrio tet... genial!

D. Punkis; Just al blanc de la diana! Així ens agrada, sempre endavant, valent, lluitant contra el vent! No et rendeixis! Resisteix! Passi el que passi no baixis mai el cap.

E. Pijets; Osea pavo, què fort!!! Baby... Millor no ho podies fer... ets the best!!!

F. Heavys; Has estat més sublim que Steve Harris al seu últim concert amb Iron Maiden. Ets només un dit de la mà dreta de Déu. Recorda aquesta frase: El més important és l'amor dels teus fans.

G. Mutants; Oixoixoix! Chaval! Que ho has fet de puta mare! Tot i així si t'haguéssis llegit aquesta pàgina ahir segur que ho hauries fet millor.

H. Normals; Ho has fet molt bé! Felicitats!

I. Skaters/surfers; Això només ha estat el Take off, Bro... Les onades/baixades són somnis, no les deixis escapar!

J. Alternatius; Vés a contracorrent i ho aconseguiràs! No siguis una ovella més d'aquest corral.

K. Hipsters; Mola més que la bici retro del meu avi que ho hagis encertat! Faré una foto per instagram d'aquest moment per guardar-lo dintre el meu cor.

Et deixes portar pels altres?
Pàg. 256

Et vesteixes per a tu o per als altres?
Pàg. 258

Ets una compradora compulsiva de roba?
Pàg. 261

- Com puc combatre la ràbia?
- Com puc saber si em fan bullying?
- Quan un noi et pregunta alguna cosa, en realitat què vol saber?
- 5 coses que fas quan t'avorreixes
- Les 5 actituds que demostren que ELL/A t'està mentint
- 5 maneres de cridar l'atenció del teu nòvio quan ell no et fa cas
- 10 avantatges d'estar solter/a
- Com puc guardar només els bons records?
- Consells per sentir-te sexy

PSICOLOGIA

En aquest capítol, intentem posar-nos de ple en la vostra ment adolescent. Sens dubte, es tracta d'un gran repte, ja que l'adolescència s'esdevé en un context de transició de cos i ment difícil d'analitzar i controlar. Us trobeu en un dels moments més vulnerables de la vostra vida i tot allò que visqueu durant aquest període us marcarà d'una manera especial quan sigueu adults. Si sabeu com gestionar-la, aquesta etapa podria ser meravellosa. Per això, volem donar-vos algunes pautes per reconèixer situacions conflictives, afrontar algunes pors, detectar mentides o viure amb una mica més d'optimisme.

Així doncs, al llarg d'aquest apartat, aprendreu a combatre la ràbia que us provoquen certes actituds, comportaments o situacions del vostre entorn. També us donarem eines per detectar possibles casos d'assetjament escolar per combatre'ls amb èxit i desvetllarem alguns secrets per conservar els bons records o saber què pensa de nosaltres algú del sexe contrari.

Us animem a continuar llegint i flipant amb el llibre de més èxit entre els adolescents d'aquest país. O és que mai abans havíeu sabut tantes coses i tan útils sobre vosaltres mateixos? Passeu de pàgina abans que s'esborri la tinta! :P

Com puc combatre la ràbia?

Tots hem viscut situacions a la vida que ens han crispat els nervis i ens han encès fins que hem petat. Avui a Adolescents.cat t'ajudem a combatre aquest sentiment que no et portarà enlloc.

1. La ràbia és un sentiment normal dels éssers humans i és la resposta natural de quan ens sentim amenaçats, sentim disconformitat respecte d'alguna cosa o bé ens sentim frustrats davant d'una determinada situació. Per intentar controlar la teva reacció immediata et donem aquests consells:

2. **Aprèn a comptar fins a 10:** Intenta't tranquil·litzar. Saber controlar la respiració i agafar l'aire lentament deixant-lo anar per la boca t'anirà bé per calmar-te.

3. **Intenta entendre la teva ira:** Fes-te la pregunta interna de per què et sents així. Intenta ser resolutiu i pensar què pots fer en aquesta situació per tal que no es repeteixi en un futur immediat.

4. **Parlar del que et passa i de com et sents t'ajudarà:** Expressa't amb calma i tranquil·litat. Busca els motius del teu enuig i comunica'ls sense cridar.

5. **Intenta expressar els teus sentiments d'una manera més saludable:** Fer esport va molt bé per alliberar tensions i anar més relaxat. També va molt bé escriure el que et passa pel cap o tenir una estona per esbargir la ment i pensar en tu mateix.

6. **Mira de no prendre decisions precipitades:** Quan sentim ràbia de vegades no controlem els nostres impulsos i

fem coses de les quals després ens penedim. És per això que no és aconsellable prendre gaires decisions quan se sent ràbia per algú o alguna cosa.

7. Escolta atentament els altres: Tothom té dret a expressar la seva opinió i pot ser que la teva i la seva siguin contràries o que cadascú tingui la seva part de raó. Tingues paciència i no responguis amb un atac.

Què us fa ràbia? Quina és la situació de la vostra vida en què més ràbia heu tingut?

COMENTARIS:

Jejeje
Uoolaa!
Clavada! Necessitava bastant un article així, ja que sóc bastant agressiva quan em fa ràbia alguna cosa i no em sé controlar...
Així que intentaré tenir en compte aquests consells i millorar, que sempre és bo :) Merciii<33

1501
Oh, quina pregunta! El que més ràbia del món em fa és, òbviament, arribar a casa després de sis hores mortals de classe i que no funcioni internet! VISCAAAA

Gloss-Arii :P
(quinaxispa)
Buff, hi ha moltíssimes coses que em fan ràbia! Però crec que és millor calmar-se, prendre-s'ho amb tranquil·litat, com dieu a l'article, ja que amb crits i a lo bèstia no se soluciona mai res. KEEP CALM andsolveyourproblems, que podríem dir ;)

SoCallmeMaybe!
...mmm...
Jo em moro de ràbia cada dia amb mon germà! Té 7 anys i em posa dels nervis... Se'm menja tot el que m'agrada, m'embruta la roba, em desfà el llit, em ratlla els deures... BRRRFFF!

Com puc saber si em fan bullying?

Es riuen de tu a classe? No et deixen tranquil? Et fan el buit i no volen anar amb tu als treballs en grup? Si et sents identificat amb aquest gràfic el millor que pots fer és explicar-ho!

Assetjament físic

- Em peguen a classe
- M'amaguen les coses
- Em trenquen el que és meu
- M'arraconen i no em deixen passar

Assetjament verbal

- M'insulten
- M'amenacen
- M'humilien en públic
- Em deixen en ridícul

Assetjament psicològic

- Es burlen o es riuen de defectes meus
- Em criden amb un pseudònim
- Rebo xantatges, acusacions (tant dins de l'aula com fora)

Assetjament social

- No em volen als grups
- Em fan el buit
- Posen altres companys en contra meu
- Sóc "la xusma" de la classe

Si et passa alguna d'aquestes coses el millor que pots fer és:

1. **Explicar-l'hi al teu tutor.**
2. **Explicar-l'hi a la família.**
3. **Si no et fan cas posa't en contacte amb un altre professor que t'inspiri confiança**

És millor explicar-ho al més aviat possible per evitar molts maldecaps!!!

COMENTARIS:

Noee:*

XxxX

Uff, ha de ser superdur que et facin bullying! A mi no me n'han fet mai, per sort, he tingut sempre uns amics genials! Espero que duri així, perquè s'ha de passar realment malament... :/

Jooo

Lauu:)

Al meu insti hi havia un noi que en patia. Era lletget, gras, pèl-roig... i la veritat és que una mica raret. Tothom se'n reia d'ell, tot i que crec que no el van arribar a pegar. Els companys li prenien els deures i els hi estripaven, i així els profes li posaven falta. Moltes, moltes putades... I va marxar de l'insti. Jo tampoc ho hagués pogut suportar! :/

Anònimm

:((

No sé si està considerat bullying del tot o no, però el que em passava a mi coincideix bastant amb el quadre d'aquest article... Vaig arribar nova al col·le a segon d'ESO, ja que em vaig canviar de ciutat, i no em van acceptar gaire bé. Les primeres setmanes no parlava amb ningú, i quan vaig començar a dirigir la paraula a alguns companys, s'enfotien de mi, em criticaven a lo bèstia, em feien netejar les taules i pujar les cadires... i jo com una tonta ho feia, perquè em pensava que així els cauria millor. Això no és tot, però no tinc ganes de recordar més. Per sort la vida m'ha canviat bastant i ja està superat! :D

idea xD

Quan un noi et pregunta alguna cosa, en realitat què vol saber?

Avui us explicarem l'autèntic significat de les preguntes que moltes vegades fan els nois quan acaben de conèixer una noia. Les redactores d'Adolescents.cat hem aconseguit que els nostres companys redactors ens ho expliquessin! Els hem hagut de convidar a berenar però finalment ens ho han xerrat tot!

Surts de festa i coneixes un noi:

–T'apuntes amb nosaltres o el teu nòvio es ratllarà?

☛ És més que obvi que et diu això per saber si tens nòvio o no.

–Què faràs aquest cap de setmana?

☛ És el mateix que si et digués: vull convidar-te a fer alguna cosa però primer m'haig d'assegurar que no tens plans.

–Quina és l'última pel·li que has vist?

☛ Té bastanta pinta que això acaba amb una invitació per anar al cine... :D

–La meva germana m'ha «rajat» d'aquests pantalons, diu que són fatals...

☛ Ai, ai, ai, que el noi t'està preguntant què et sembla el seu look i espera que li diguis que els pantalons li queden perfectes!

–Ostres, em sones d'alguna cosa!

☛ El 90% de les vegades és mentida. És només una excusa per parlar amb tu. De fet, indirectament, t'està dient que li has agradat.

Ens ajudeu a ampliar la llista de preguntes i els seus significats reals?

COMENTARIS:

Maaarc!
Sep...
L'heu clavat... jajaja! La veritat és que teniu tota la raó, avui en dia es porten molt les indirectes, però veig que ja les heu desxifrat totes! A veure si donen resultats, doncs ;))

Ieep
Hihihi
Hahha, m'encanta quan un noi em diu una d'aquestes frases... De fet, un noi que em va parlar per primer cop dient-me que li sonava d'alguna cosa (quan no era veritat) s'ha acabat convertint en el meu nòvio haha perk veigueu que funciona! :PP

Monneraaa
...jsjsj
Una altra molt bona és quan et truca algú o et parlen per Whatsapp i el noi et diu: «Què, el xurri, eh?», quan realment el que vol és que li diguis: «Quin xurri? Haha què va!! Una amiga» :)'. Són monísims quan fan aquestes coses, haha ^^

5 coses que fas quan t'avorreixes

Us ha passat mai que esteu a casa, us fa pal començar a fer deures o qualsevol altra cosa que hagueu de fer, però teniu la necessitat de fer alguna cosa? Què feu en aquests moments d'avorriment i just després de llegir-te totes les notis d'Adolescents.cat?

1. **Estar al Facebook sense fer res en concret:** Mires fotos d'altra gent que vols saber com li va la vida, cotilleges què fa l'ex al facebook, t'entretens a organitzar les fotos del teu facebook i fins i tot puges més fotos que tens a l'ordinador i que en el seu moment et va fer pal penjar-les.

2. **Mirar fotos antigues que tens a l'ordinador:** Et poses a «Les meves imatges» i xafardeges aquelles fotos de l'estiu de fa 5 anys... Penses que has canviat molt..., et fa vergonya fins i tot les pintes que portaves aleshores i recordes aquell noi/a que tant t'agradava.

3. **Et poses la música a tope:** Si hi ha més gent a casa tens l'opció de posar-te els auriculars... però sempre acabes ballant com un boig o boja aquella cançó que t'encanta!!! No la pots parar d'escoltar una vegada i una altra...

4. **Truques a algú:** Un dia així tonto, no tens gaire cosa a fer, agafes el telèfon i truques a algú de confiança... T'hi podries passar hores i hores sense que ni calgui explicar-vos res en concret.

5. **Mires una pel·li/sèrie:** Agafes el portàtil, t'apoltrones sobre el llit (si és l'hivern amb una manteta) i et poses a mirar una sèrie per passar l'estona.

I tu? Què fas quan t'avorreixes?

COMENTARIS:

XDD
Ksdfgsd
Jajaja molt cert! I menjar per avorriment, supermític també... Allò que sents que no tens res a fer i, tot i que tampoc tens gana, obrir l'armari i arrasar! Mola molt, però després en pagues les conseqüències xD

Liiilaa
<33
Buff, quin fàstic d'avorriment. Mur de facebook amunt, mur de facebook avall, amunt, avall... Oh! Una notificació! Ah, un esdeveniment que no m'interessa. Doncs res...Amuunt... Avaall... :'(((

¿?
Nooo!
Perokaseeeis? No deixeu avorrir-vos! Hi ha mil coses a fer, com per perdre el temps d'aquesta manera! Qualsevol cosa serà més profitosa que quedar-se xafardejant el Facebook... Si no se t'acut res, sempre et queda l'opció d'endreçar l'habitació!! ;))

Les 5 actituds que demostren que ELL/A t'està mentint

Les noies, més que els nois, tenen com un sisè sentit per detectar les mentides. Però tot i així hi ha vegades que no sabem si la persona que tenim davant ens està dient tota la veritat. Aquí teniu algunes actituds que adoptem les persones quan diem mentides.

★1 Evitar la mirada:
Quan una persona diu una mentida li costa molt mirar als ulls. Si ell/a veus que és incapaç d'aguantar-te la mirada quan parla amb tu, és probable que t'estigui amagant alguna cosa.

★2 Inquietud:
Moure's molt, tocar-se massa els cabells, rascar-se molt el nas o fregar fort les mans, són moviments involuntaris que fan les persones que menteixen. Estigues al cas!

★3 Les pupil·les:
Quan mentim, les pupil·les dels nostres ulls es dilaten, es fan més grans. Intenta fixar-te en aquest detall per saber si et diuen la veritat. No és fàcil.

★4 Observa la boca:
Si notes que té dificultats per empassar-se la saliva és probable que estigui nerviós/a i per això li costi. Això pot ser una actitud que faci sospitar que menteix.

★5 Riure nerviós:
La gent que diu mentides riu de manera nerviosa. Quan algú riu massa i de manera una mica nerviosa podria ser que t'estigués mentint.

COMENTARIS:

Uriii
:/
Valee... ara entenc perquè la meva mare sempre m'acaba pillant quan li intento endossar alguna trola! Hauré de canviar d'actitud...
:/

Kris96
_
Buff, odio que em menteixin! El problema és que sóc molt innocent i em crec tot el que em diuen... i després me n'entero de que se n'han estat enfotent de mi a la cara, i em fa moltíssim mal! Intentaré posar en pràctica aquests consells, a veure si els enganxo d'una vegada... Merciii :)

Anò.ónima!
:))
Dono fe que els consells funcionen! Se'm dóna bastant bé pillar a mentiders i sempre ho faig fixant-me en aquests punts que heu dit... Sobretot lo de no mirar als ulls i posar-se nerviosos! No cola babysss :)

Lollypop
<3 <3
Nooooo! No doneu aquestsconseeeells! Que ma germana és una viciada a Adolescents.cat i llegirà aquest article! Jo sempre l'enganyo, pobreta... xD I ara aprendrà a enxampar-me!!:(:(

5 maneres de cridar l'atenció del teu nòvio quan ell no et fa cas

Més d'una de vosaltres us heu sentit abandonades pel noi que tant us agrada i heu volgut que us faci més cas. Avui a Adolescents.cat us donem alguns trucs per cridar-li l'atenció i tenir-lo rendit als vostres peus.

1. **Fes-te la interessant:** No cal que li expliquis tot el que fas. Deixa que pateixi una mica per tu... Si li dius amb qui vas i què fas i li expliques tot pot ser que al final acabi per no escoltar-te. Fes la teva i gaudeix amb les teves amigues!!! Estar sempre pendent del que fa el nòvio i acompanyar-lo a tot arreu no és bo per a la vostra relació de parella.

2. **«Suda» d'ell una mica:** Si no li vas tant al darrere i t'estima de debò acabarà venint ell a preguntar-te que què tal... Deixa-li un espai que se senti còmode. Si us veieu sempre i sempre ets tu qui li obre la conversa pot ser que acabi cansant-se.

3. **Flirteja amb ell:** Juga amb ell i recupera la màgia dels primers dies. Si li envies un missatge una mica pujadet de to o ets tu qui li tires la canya descaradament pot ser que li encanti. Una mirada seductora o un somriure ben sexy el poden fer tornar boig...

4. **Prepara una cita romàntica:** Alguna cosa que ell no s'esperi de tu. Intenta que tots dos us ho passeu bé i que sigui un moment especial per gaudir de la parella.

5. **Si estàs segura de tu mateixa i et sents bé anímicament i físicament, tens molt de guanyat.** Has de mirar també per tu mateixa i sentir-te bé. Els problemes amb inseguretats personals sovint fan que no et valoris prou i que t'acabis arrossegant per aconseguir algú. Tenir una mica d'orgull propi i l'autoestima ben amunt t'anirà molt bé per saber què has de fer en aquests moments.

COMENTARIS:

Frolguii
PHK
Home, suposo que si el teu nòvio no et fa cas no ets tu qui té el problema, sinó ell... Així que crec que no ha de ser la nòvia qui s'ha de muntar mil estratègies per cridar-li l'atenció! Potser aniria bé parlar-ne i trobar el problema. Probablement ell ja no sent el mateix, o s'ha fixat en una altra... És important saber-ho :)

Angggie!
1221
Clavada! M'està passant una cosa així. Fa uns dies que el meu nòvio està... diferent. No sé, més distant, no parlem ni ens veiem tant, no hi ha la mateixa química de sempre i això em fa patir perquè jo me l'estimo molt! Intentaré posar en pràctica aquests consells, espero que funcionin... Moltíssimes gràcies, Adolescents.cat! <33

In, inde...
II*II
Jo sempre que em trobo en un moment així faig lo de «sudar una mica» d'ell, ja que normalment quan se'n cansen és perquè n'estem massa a sobre! I lo millor és donar-los una mica de llibertat, desaparèixer de la seva vida... i, quan s'adonin que et necessiten i que et troben a faltar, vindran escuats! ;DD

10 avantatges d'estar solter/a

Hi ha moments en què algú pot desesperar-se pel fet de no trobar parella. En el fons és normal, ja que tots volem saber què se sent i com és això de compartir la vida amb algú més. Tot i així, no cal obsessionar-se! Recordeu que no naixem sent una mitja taronja que ha de cercar l'altra meitat, sinó que arribem al món sent taronges senceres. Mentre no trobis l'amor, recorda que ser solter té molts avantatges!

1. Més llibertat.
2. Menys explicacions.
3. No has de recordar aniversaris ni fer regals.
4. Estalviaràs diners.
5. T'estalvies quedar bé amb els «sogres» i fer dinars familiars aliens.
6. No caldrà que aguantis el mal humor de la teva parella. Amb el teu ja en tens prou.
7. Tindràs més estona per dedicar a la teva família i als amics.
8. Podràs tontejar amb altra gent.
9. No has de patir perquè et revisin el whatsapp.
10. Els teus amics solters ho agrairan.

COMENTARIS:

LittleMonster<3
:DD
I tant que sí! Ser soltera és lo millor! Ets lliure d'anar amb qui vulguis, no estàs lligat a ningú... I bé, hi ha punts que heu posat que no m'havia plantejat mai, com lo dels dinars amb els sogres o aguantar-li la mala llet, però teniu tota la raó! :PP Solteres power!!

Lexyy!
_
Ah, nonono! Discrepo! Sí que és cert que ser soltera té alguns avantatges, però personalment prefereixo mil cops tenir parella! És una sensació que no la canviaria per res del món... aaail'amour :)) <3

Ulaaa
YUPP!
Estic d'acord en que estar solter també té alguns aspectes positius, però ja et dic jo que després de trencar una relació, no els trobes... Que t'expliquin a tu, després d'haver passat per una relació preciosa, que estar solter és millor! Va, home, va... xD

4ulls
Miop69
Ni avantatges, ni aspectes positius, ni res. Aquí el que passa és que, com que no ens queda altre remei que estar solters, ens hem d'inventar algo per consolar-nos a nosaltres mateixos i creure'ns que no està tan malament, quan en realitat estem tots desesperats per trobar algú especial <33 (Jo inclòs).

Com puc guardar només els bons records?

Sovint ens vénen al cap moments amargs de la nostra vida que no només no volem recordar sinó que volem oblidar i esborrar de la nostra ment. Com ho podem fer?

Què puc fer per oblidar els mals records?

- DORMIR: Científics de la Universitat de Califòrnia creuen que dormir és el millor remei per combatre els mals records. Per evitar tenir malsons és bo tancar els ulls, relaxar-se, respirar fondo i pensar en coses boniques i agradables fins que t'adormis. Quan dormim processem també els records, i si enviem al nostre cervell energia positiva aquest també canalitzarà només els bons records.

- JUGAR AL TETRIS: A la Universitat d'Oxford s'hi ha realitzat un altre experiment la conclusió del qual és que si et distreus tens menys mals records. Diuen que jugant al tetris o dedicant temps a fer coses que t'agraden i t'interessen et passen totes les penes.

- PARLAR DEL QUE ET FA POR: Parlar és un molt bon remei per desfogar-te. Si en parles amb un amic segurament les penes seran més fàcils de suportar. Un psicòleg en aquest sentit també et pot ajudar. Si hi ha alguna cosa que t'ha traumat de per vida parlar amb un expert t'anirà de conya!

- FER L'AMOR: És una molt bona manera de desfogar-te... i molt bonica a més si és amb una persona que estimes.

I vosaltres? Què feu per oblidar els mals records?

COMENTARIS:

007

(L)(K)

Que què faig per oblidar els mals records? Doncs fins ara res; no sabia que es podia fer alguna cosa. Ara veig que sí, i m'ho apunto al peu de la lletra perquè em convé bastant!! Thankyouuuu<33

:PPP

...

Carai, jugar al tetris! Doncs a mi em deuen desaparèixer tots els mals records sense adonar-me'n, perquè entre això i dormir és precisament al que dedico més hores del dia a fer! Per fi alguna cosa bona... xD

Judii

Xulii

Dormir!! Que guai! Amb lo bé que se'm dóna, és la meva especialitat... :PP

Julietaa

^^

Jo crec que el millor remei és el punt 3: parlar-ne. Quan tenim un problema al cap i no hi parem de donar voltes, lo millor és explicar-ho a algú, quedar-nos desfogats, demanar consell i buscar la solució. D'aquesta manera te n'oblides més fàcilment!

Consells per sentir-te sexy

Ser o no ser sexy està a les teves mans. Com? Llegeix aquest article que les redactores més hot d'*Adolescents.cat* han preparat per a tu. Penses que mai podràs ser sexy? Abandona aquesta idea!

Ser sexy és a les teves mans, però també a la teva ment. Només cal que descobreixis el costat més sensual de tu mateixa i t'hi sentis. Com?

1. Coneix-te a tu mateixa i descobreix què és el que t'agrada més de tu.
2. Potencia aquesta part i porta-la a l'extrem.
3. És superimportant sentir-te a gust amb tu mateixa i agradar-te (si no t'agrades a tu no agradaràs als altres).
4. Insinuar posa més que ensenyar: Ser sexy no és anar curta ni vestida de «guarrindonguilla»...
5. Tingues clar que ser sexy és una actitud, és somriure i ser feliç, estar contenta amb el que tens i seduir els altres a través d'aquesta felicitat.
6. Tingues confiança en tu mateixa i una bona autoestima.
7. Cuida el teu cos i també la teva ment: No es tracta només d'anar sempre ben neta, polida i perfumada... També cal evitar els pensaments negatius i omplir el teu cos de positivisme.

Què és el que feu per estar sexys?

COMENTARIS:

sdflhs
Lidiiaa
Estic moooolt a favor dels que creuen que ser sexy no és ensenyar cuixa sinó que ve de dins! I és totalment cert. Potser costa més que un noi es fixi en tu, però quan apareixi, segur que val molt més la pena que el que se n'ha anat darrere l'escot i la minifaldilla :)

whereiswilly
¿?
Clar que sí! En la meva opinió, és molt més sexy una noia discreteta, sense escots ni taconazos chonis, que les típiques d'avui en dia... ehhemm... Ara, cadascú es sent bé d'una manera i és lliure de vestir o comportar-se així!

Sageraaoo
Jjjeje
Bueno, jo si no vaig de festa amb uns leggings, tacons, escot i els llavis pintats no em sento sexy... pkamb pantalons normals i jaqueta ja vaig cada dia al col·le! I no per això he de ser una p... o una txoni, crec jo...

FCB
Quim!
Estic d'acord amb alguns comentaris que he llegit per aquí dalt; hi ha molts tipus de maneres de ser sexy! La choni n'és una, i segur que hi ha gent que li agrada i la respecto. Ara, personalment considero que la que més m'atrau és la de les noies discretes i mones que, sense dir-te res, amb un somriure i una mirada ja et tenen a la butxaca :)

Ets vergonyós/a?
Pàg. 263

Ets egoista?
Pàg. 265

Ets una persona orgullosa?
Pàg. 267

- NOIES: «Em depilo tota o no, què faig?»
- «Parlem molt pel Facebook i Whatsapp i quan ens tenim davant no sabem què dir-nos»
- «Em mola un noi de la colla del meu ex! Ajuda, si us plau!»
- Consells útils per si se't trenca el preservatiu
- «Em vull fer un tattoo, però diuen que me'n penediré. Què faig?»
- «No sé què sento, com em puc aclarir?»
- «He tallat amb la meva parella, l'he d'esborrar de Facebook?»
- «Em torna a agradar el meu ex, però no sé com dir-l'hi»
- «M'ha vingut la regla i no sé posar-me un tampó»
- «La meva amiga va ara amb el meu EX!». Consells per si et trobes en aquesta situació

EL CONSULTORI

L'adolescència és una etapa de la vida plena de sensacions i emocions noves, un moment de clara maduració interior i de canvis físics. Un autodescobriment que planteja un munt d'interrogants que busquen trobar resposta. A vegades, sentir-se sol/a en aquest mar de preocupacions provoca un sentiment d'angoixa que és bo fer desaparèixer. No patiu! Som aquí per donar-vos un cop de mà!

Aquest manual neix amb la voluntat d'aclarir els vostres dubtes reals. Aquells que no us atreviu a comentar a ningú, ni tan sols a les vostres millors amistats! Al llarg de les properes pàgines, podreu llegir les respostes que diversos professionals contrastats han donat sobre preguntes de bellesa, xarxes socials, amor o sexualitat.

◗ Segur que, quan acabeu aquest capítol, sabreu gestionar millor algunes emocions o haureu desencallat algunes incerteses que us angoixaven. Us voleu fer un tatuatge, però creieu que us en podeu penedir? La vostra millor amiga ha començat a sortir amb el vostre ex? Us ha vingut la regla i no sabeu com posar-vos un tampó? Aquestes són algunes preguntes que hem volgut contestar, perquè molts adolescents se les han fet alguna vegada.

◗ Potser encara no us ho havíem dit, però ens encanta sentir que us ajudem, que ens teniu confiança i que som els vostres grans amics anònims.

NOIES: «Em depilo tota o no, què faig?»

Un dels grans dubtes que tenen moltes noies és sobre el tema de la depilació. Sobretot a l'hora d'anar a la piscina, a la platja o quan han quedat amb el nòvio o algun rotllet i hi pot haver historieta...

Sabem que depilar-se no mola. Fa mal si es fa amb cera o ho has de fer molt sovint si fas servir crema depilatòria o et rasures. **Però fins a quin punt ens hem de depilar? Cal anar sempre depilada? Cal depilar-ho absolutament tot?**

Des de fa un temps s'ha posat molt de moda la depilació brasilera —quan parlem de les parts íntimes—, és a dir, gens de pèl. Això sí, per fer-ho has de suportar força dolor o passar-te el dia rasurant. Així que la gran pregunta és:

Et depiles per tu, o per ell?

Tot i que molts nois estan a favor de la depilació completa i ho troben súper sexy, **moltes noies reconeixen que fa molt pal passar-se el dia depilant-se.** Així que aquí us donem unes quantes idees i consells per saber què fer. A més, heu de saber que **molts nois s'omplen la boca de depilació brasilera i a l'hora de la veritat, tampoc hi donen tanta importància...**

- **1. Molt important:** Encara que et faci pal depilar-te, evita portar una selva amazònica. Sobretot a l'hivern, que aprofitant que no es va ni a la piscina ni a la platja, moltes noies es descuiden una mica. És normal. Però com a mínim retalla el pèl i dóna-li forma. Als nois no hi ha res que els tiri més enrere que un bosc profund!

* **2. Depila't i vés com et sentis més còmoda:** Decideix com vols anar i fes-t'ho com tu vulguis. No facis cas de l'opinió dels nois. Ets tu la que ha de patir les conseqüències de la cera o la que s'ha de rasurar cada dos per tres. És més, si ho portes arregladet i de forma ben sexy, hi ha molts nois que es posaran com una moto.

* **3. Quan tinguis una cita... has de tenir en compte dues coses.** La primera és que no saps com pot acabar. Així que has d'anar preparada i arreglada. Si ets de les que es rasura, intenta no semblar un filferro amb potes, i passa't la maquineta. Si optes per la cera, fes un esforç i depila't, la pell suau i fina és molt irresistible. Si no tens temps de fer això, tisores, tot ben rebaixat i amb una forma ben sexy!

COMENTARIS:

Immetta:)
xsempre!
La veritat és que és un fàstic depilar-se. Fa mal, costa diners... i si no ho fas, estàs mal vist. Per què carai els nois poden anar amb una selva tropical per la vida sense que ningú els digui res? Que injust!!

Olakeasenn
:DD
Jo encara sóc jove per tenir relacions sexuals, així que de moment no em depilo allà baix. De totes maneres, crec que quan ho hagi de fer ho faré amb cera, com faig amb les aixelles. Al principi fa molt de mal, però quan ja portes un temps et va passant, i estàs força temps despreocupada :))

Adv
T.T
Quin rotllo, tio..., n'estic farta, de la depilació!! I pensar que només tinc 14 anys i que hauré d'estar així tota la vida... Quin horror. M'he fet «les parts íntimes» un parell de vegades, ja que estic començant amb un noi i no vull quedar com una marrana quan passi alguna cosa... :P

«Parlem molt pel Facebook i Whatsapp i quan ens tenim davant no sabem què dir-nos»

Una lectora d'Adolescents.cat ens demana consell per saber què fer quan queda amb una noia amb qui parla molt per Whatsapp però després, cara a cara, no saben què dir-se. Li hem preparat alguns consells, però també volem que hi digueu la vostra. Us ha passat mai? Com ho heu solucionat?

> «Hola, adolescents!!! Ja fa temps que, amb una amiga (ens coneixem des de la infantesa), parlem moltíssim pel Facebook i el Whatsapp. Ens ho expliquem tot, però quan ens veiem cara a cara, no sabem què dir-nos. Algú sap com ho podríem arreglar? Gràcies!!!».

Hola!! T'hem preparat alguns consells que creiem que t'aniran bé quan quedis amb ella!

- TRENCA EL GEL: Sabem que és molt difícil... però una frase que us faci riure a les dues, recordar una situació en la qual hàgiu rigut plegades, pot ser un bon inici de conversa.
- PENSA EN ELS GUSTOS QUE COMPARTIU: Si has parlat amb ella, ja sabràs què li agrada i què no... Si comparteixes gustos musicals amb ella, us pot anar molt bé escoltar una cançó plegades per perdre la vergonya. Parlar d'un llibre que et vols comprar o que t'has llegit, o d'una pel·li que heu vist les dues, també us pot ajudar.

XXX

- DEIXA'T ANAR: Una vegada hagis trencat el gel et serà més fàcil ser tu mateixa i dir-li el que li diries per Whatsapp. Com t'ha anat el dia, qualsevol anècdota que t'hagi passat...

Moltes vegades aquesta manca de feeling passa per la vergonya i no pas perquè no tinguis moltes coses a dir-li. De vegades va bé fer-te una llista mental o escrita sobre el que li diries per no quedar-te en blanc quan quedis amb ella, ja que els silencis poden ser molt incòmodes. També cal que tinguis present que si ella és força tímida esperarà que tu prenguis la iniciativa i, per tant, te li has de guanyar la confiança perquè es mostri tal com és.

Esperem que aquests consells t'hagin ajudat, però també volem que els adolescents hi diguin la seva: **Heu passat mai per alguna situació similar? Com l'heu superat?**

COMENTARIS:

Janna:P
1234
A mi em va passar una cosa així amb una cosina a qui no veig molt sovint. Parlàvem moltíssim per les xarxes socials, ens ho explicàvem absolutament tot, sobre nois, secrets, intimitats... I després d'uns quants mesos ens vam reunir al dinar familiar de Nadal. El fet de pensar que la persona que tenia davant ho sabia absolutament tot de mi, em va fer passar molta vergonya... I a ella li va passar el mateix. Gairebé no ens vam dirigir ni la paraula! Ho vam passar realment malament ://

@

Anonnymouss
(H)
A mi m'ha passat, però amb un noi. Lo típic: ens vam conèixer, vam començar a parlar per FB, després Whats, tontejar, jo em vaig pillar... Ens vam trobar SENSE SABER-HO a una festa, i ens vam quedar tant en estat de xoc que no vam ser capaços de dir-nos res en tota la nit. M'hagués anat bé tenir aquests consells llavors... VV'

«Em mola un noi de la colla del meu ex! Ajuda, si us plau!»

Continua la pluja de «pollastres» sentimentals a la redacció d'*Adolescents.cat*! Mira que hi ha tios, eh? Però la nostra següent protagonista ha deixat el seu nòvio i té intenció de «liar-se» amb un amic del seu ex! OMG...

> «Dilluns vaig deixar el meu ex, amb qui portava 5 mesos. M'estava aclaparant i no em deixava molt espai. M'ha pregat que tornéssim, però quan dic que no és que no. A més, hi ha un noi de la seva colla que em mola, però no sé si li agrado. Només xerrem per Whatsapp. Crec que si acabo tenint alguna cosa amb ell, el meu ex ho encaixaria molt malament. Ajuda, si us plau! Petons i gràcies».

Resposta de la redacció d'*Adolescents.cat*:

Hola, guapa! És evident que el teu ex està tocadet per la ruptura, ja que **es mor de ganes de tornar amb tu**. Caldria veure si l'has deixat perquè t'aclaparava o perquè ja et feia «tilín» aquest altre noi de la seva colla. Nosaltres no som ningú per dir-te el que has de fer, però et proposem un exercici: prova de posar-te un moment a la pell del teu ex. **No t'agradaria gaire que et deixés per una amiga teva**, oi?

Medita bé la teva decisió, però estaria bé que els teus actes ferissin el menor nombre de persones possible. **Pensa que hi ha molts nois capaços d'enamorar-te.** Gràcies per llegir-te el nostre humil consell.

COMENTARIS:

Criisss D.
1D <33
No et pilles d'un altre noi si realment estimes la teva parella. Per tant, penso que has fet bé de deixar-lo si ja no senties el mateix afecte que abans per ell. Més val tallar-ho aviat que deixar fer la bola grossa, que acaba fent més mal a tothom... no?

M. Ruviiraaa
Dufiiduff:D
Home, has de ser una mica pocavergonya per deixar el teu nòvio i pillar-te d'un altre al dia següent! Jo em sentiria bastant malament, sabent que la persona que m'estima està patint i jo mentrestant per allà tirant-li la canya a un altre. Una mica de sentiments, si us plau!!

Jejjeje
Evaaa M!
A mi em va passar una cosa semblant... Vaig tallar amb el nòvio perquè no estàvem bé, i em vaig acabar pillant del típic amic que fa veure que t'ajuda a superar la ruptura però que en realitat l'únic que vol és tema amb tu. I va colar de ple!! Vaja, ara encara estem junts... :DD<3

Consells útils per si se't trenca el preservatiu

Potser encara no tens relacions sexuals, però aquesta mena d'informacions mai sobren. És evident que cal que utilitzeu el preservatiu, per prevenir embarassos i el contagi de malalties de transmissió sexual... Però, i si es trenca el condó? Què cal fer?

1. **Prova de mantenir la calma:** Posar-te histèric et complicarà les coses. Només t'ajudarà a estar més preocupat i estressat. Estar tranquil contribuirà a fer que prenguis una decisió millor.

2. **Avalua els danys:** En quin moment s'ha trencat el condó? En plena relació sexual? Al mig? Un cop ja s'havia acabat? Saber realment com ha passat tot podria fer que et relaxessis una mica.

3. **Valora les opcions que tens a partir d'ara:** Un cop coneguis la gravetat de la situació, fes els primers passos, parla'n amb la teva parella i poseu-vos en contacte amb algun professional que us assessori. És probable que considerin la possibilitat que la noia es prengui un anticonceptiu d'emergència, en cas d'estar segurs que hagi entrat semen a la vagina de la noia.

4. **Evita que això et torni a succeir més endavant:** Utilitzeu preservatius de la mida correcta, que no estiguin caducats, que no hagin estat molt de temps exposats a temperatures extremes, etc. Totes les mesures són poques per evitar passar per aquest mal tràngol.

COMENTARIS:

Pspspps
Ttimuuu<3
Buff, tant de bo no em passi mai, a mi... Ho has de passar realment malament! A mi per sort no se m'ha trencat mai, però sempre ho comprovo abans de llençar-lo. La podríem liar ben grossa!

Layyettaa:)
96
A la meva germana li va passar algo així fa poc. Estava superespantada, és normal... La vaig acompanyar a la farmàcia i es va prendre la típica «pastilla del dia després», tot i que diuen que no és gens recomanable. Ara, el que faci falta per evitar... ja m'enteneu. Aneu molt amb compte!!

Anònimmaa
Bieberrr<3
Mira que haver de viure sempre amb aquesta por a sobre... doncs quina gràcia. Ni d'un dels moments més plaents de la vida en pots gaudir sense preocupacions. Va, home, va...

«Em vull fer un tattoo, però diuen que me'n penediré. Què faig?»

Una lectora del portal ens demana ajuda per solucionar un conflicte intern: vol fer-se un tatuatge, però hi ha gent que li diu que se'n podria penedir. Què us sembla la nostra resposta? Què li diríeu vosaltres?

> «Hola, adolescents!! Fa temps que tinc ganes de ferme un tattoo, però només tinc 16 anys i tothom diu que me'n penediré. Em vull tatuar una paraula en anglès que em recorda que puc ser forta i que ningú em pot enderrocar malgrat tot el que he passat. Vosaltres, què en penseu? Me l'hauria de fer o no?».

Resposta de la redacció d'*Adolescents.cat*:

Hola, guapa! **Primer de tot caldria saber si tu estàs convençuda de voler-te tatuar.** Ja saps que aquesta mena de gravats a la pell duren per sempre i per això és necessari que no tinguis dubtes. Aquesta seria la primera qüestió a tenir en compte.

Si n'estàs segura, ja tens molt de guanyat. En cas que hagis madurat la decisió, **no creiem que te'n penedeixis més endavant**, ja que sempre que el vegis recordaràs una etapa molt concreta de la teva vida... Només cal que valoris si els records que et portarà el tatuatge són bons o més aviat dolents.

La tercera qüestió que has de valorar és el **possible conflicte amb la família**. És probable que el teu entorn familiar no faci una festa quan vegin que t'has gravat la pell. Un cop més la decisió és teva... Tot i així, no faria cap mal que ho comentessis prèviament amb els teus pares o germans grans, en el cas que en tinguis.

Si has de ser més feliç i has valorat tots aquests punts que hem volgut considerar, vés demanant hora a un tattoo center de confiança. Aquest és un altre punt interessant: **Cal que et facis el tatuatge en un lloc on cuidin la higiene** per tal de no contagiar-te de cap malaltia.

COMENTARIS:

Felniii
Koaal:)
A mi m'està passant exactament el mateix, fa temps que em ronda aquesta idea pel cap, però em costa prendre la decisió, no m'atreveixo... Potser encara sóc jove, esperaré a madurar i a tenir les idees més clares, i llavors escolliré què és el que més em convé :)

Andreeeea!
Olivetreex2
Jo tinc 19 anys i me'n vaig fer un als 17. Està clar que t'ho has de pensar molt bé abans, ja que no hi ha volta enrere. Però si realment es tracta d'una cosa molt i molt important per a tu, marcar-ho per sempre a la pell és la millor manera de tenir-ho dia a dia present. Jo vaig passar una època molt difícil personalment, i les paraules d'ànim que em vaig tatuar m'han ajudat molts cops a tirar endavant!!

Tuuutiii
... :)
Jo estic d'acord amb el comentari anterior, de vegades un tatuatge et pot ajudar psicològicament, però dubto que me'n faci mai cap... Primerament perquè diuen que fa moltíssim mal! A més, amb tatuatges et consideren més «malota» i fins i tot pots tenir problemes a l'hora de trobar feina... Així que de moment deixem-ho estar.

«No sé què sento, com em puc aclarir?»

El correu d'*Adolescents.cat* ha rebut un missatge d'una noia que està preocupada perquè pensa molt en un noi, té moltes ganes de veure'l, però fa molt poquet que es coneixen i no sap molt bé què sent ni com actuar. L'ajudem?

> «Em dic Judith, no sé si m'agrada un noi, i no sé com dir-li si sento alguna cosa. Quan el veig sento un nus a l'estómac... És estrany. No sé què sento, perquè només portem tirant-nos la canya una setmana; fa dues o tres setmanes que ens coneixem, m'he quedat a casa seva, però no tinc res clar. Adolescents, necessito ajuda».

Resposta de la redacció d'*Adolescents.cat*:

A veure, aquí hi ha una cosa molt significativa: quan el veus sents un nus a l'estómac, i això acostuma a ser sinònim que aquesta persona et fa «tilín». D'altra banda, tot plegat és molt recent... Només fa una setmana que esteu tontejant i no fa ni un mes que us coneixeu. Per tant:

consell 1

Deixa que passin uns dies perquè els teus sentiments es posin a lloc. Podràs veure si això que sents és obsessió o si realment t'estàs enamorant d'aquesta persona. No et precipitis i espera també a comprovar què sent ell per tu.

consell 2

Un cop tinguis clar què sents, és hora de moure fitxa. Cal que analitzis si ell et fa cas, o si pot sentir el mateix per tu. Si veus que la cosa pinta molt bé, podria ser que els mateixos sentiments us portessin a consumar el vostre amor, o bé que calgués que un de vosaltres dos fes el primer pas.

COMENTARIS:

Babbyy!
120497
A mi m'està passant el mateix, però crec que hem de ser prudents... Les noies ens pillem superràpid i de seguida pensem que ja estem enamorades, mentre que els nois l'únic que senten és curiositat... Però vaja, a poc a poc, gaudim del moment, que el tonteig i les pessigolletes del principi són genials!! :DD

Enrikkk
don'tbesad:)
Jo crec que les ties us feu il·lusions massa ràpid. Vull dir, està bé parlar per Whats, que hi hagi feeling, fins i tot alguna tirada de canya... Però això no significa que estiguem enamorats de vosaltres! És més, fins i tot ens pot fer tirar enrere el fet de notar-vos tan il·lusionades...

Bojan<33
gjfigds
Entenc la situació de la Judith, poc o molt totes hem passat per aquest moment, però els tios també acostumen a ser bastant capullos... Et donen peixet, que si piropos, canyes… fan que t'hi pengis (no gaire difícil d'aconseguir-ho en les noies) i quan ja no pots deixar de mirar-li l'última connexió al Whats, suden de tu. Doncs no fa gràcia...

«He tallat amb la meva parella, l'he d'esborrar de Facebook?».

Aquest és un dels grans dilemes que té la gent quan pateix una ruptura sentimental: cancel·lo la meva amistat amb ell/a a Facebook? Espiar la seva vida per les xarxes socials serà terrible i dolorós i farà molt més llarga la teva recuperació.

Si no esborres la teva exparella de Facebook és que ets una persona molt valenta. S'ha de tenir molt d'estómac per suportar el fet de veure les seves **actualitzacions d'estat**, les **fotos a festes boges**, ser testimoni de com es van etiquetant **nous amiguets i amiguetes** (que tu no coneixes) a les seves noves imatges, etc.

En resum, **no esborrar la teva exrelació afectiva de Facebook pot ser molt perillós** per al teu benestar cardíac. Els efectes d'aquesta xarxa social en les ruptures de parella han estat estudiats per la Brunel University de Londres:

La psicòloga **Tara C. Marshall** va escriure això en les seves conclusions: **«A l'espera d'estudiar més profundament aquest assumpte, aquest estudi ens ensenya que vigilar l'exparella a Facebook s'associa a una mala recuperació emocional i personal després de la ruptura»**. A més, va afegir que **«evitar l'exposició OnLine i OffLine a un/a EX és el millor remei per guarir un cor trencat»**.

Quina d'aquestes 3 situacions et sembla òptima per oblidar una exparella?

a) Veure-la en persona tot sovint i conservar la seva amistat a Facebook.

b) No veure-la mai en persona, però conservar la seva amistat a Facebook.

c) No veure-la en persona i, a més, esborrar el seu rastre de les teves xarxes socials.

COMENTARIS:

Leksiia
Jsjsjsj
Home, jo crec que tot i que et sigui difícil suportar-ho, sempre va bé tenir-lo al Facebook per saber com ho està superant ell. No cal parlar-hi, clar, però tenir una idea de si està molt destrossat i no para de penjar fotos i frases d'amor, o si li suda i se'n va de festa en festa... És important, tenir aquest tipus d'informació jaja

Pajaritosenelairee^^
<333
Jo vaig tallar amb el meu nòvio i ens vam esborrar de mutu acord durant un temps, perquè ens fos més fàcil superar-ho... Al cap d'uns mesos, quan ja ho teníem bastant oblidat, ens vam tornar a agregar i apa, que la vida continua. Però crec que intentar superar una ruptura i que el Facebook i el Whatsapp te'l vagin recordant tot el dia, no crec que pugui ser gaire eficient...

Tumoreniko19
to'caniii
Que tallis amb una persona no significa que l'hagis d'apartar totalment de la teva vida, crec jo! Has d'aprendre a poder seguir veient-la en persona, al Facebook, fins i tot parlar-hi... És complicat, però crec que és el millor. És trist oblidar per complet una persona que ha significat tant per a tu!

«Em torna a agradar el meu ex, però no sé com dir-l'hi»

Una usuària d'*Adolescents.cat* ens ha escrit preocupada perquè s'ha adonat que vol recuperar una antiga relació, però no troba el valor per expressar-li el que sent. L'ajudem entre tots?

> «Ell i jo vam ser parella fa un any, però no va funcionar perquè vaig estar massa a sobre d'ell. Ara de tant en tant ens enviem correus i sento un pessigolleig i una sensació inexplicable quan els llegeixo. Després d'estar amb ell he tingut un altre nòvio, però era molt controlador. Avui l'he vist, volia dir-li que m'agrada, però no sé si fer-ho».

Resposta de la redacció d'*Adolescents.cat*:

Aquesta situació és força habitual. **No és fàcil passar pàgina d'una relació que t'ha marcat i encara menys quan ets adolescent** i tens els sentiments tan a flor de pell. És evident que t'has estimat aquest noi i podria ser que encara l'estimessis. **En l'amor, cada cas és únic,** i per tant no serveix la frase que diu que les segones parts mai han estat bones.

Podria ser que tinguessis un **buit afectiu** provocat per la ruptura i que tinguis ganes de tenir una parella que et faci «mimos» quan els necessites. Si no la trobes o les altres relacions també han fracassat, **és fàcil que tendeixis a buscar el referent que fins ara t'ha fet més el pes.** Per aquesta raó penses en la teva exparella. Quan tens ganes d'estar amb algú i no el tens, és més probable que idealitzis aquesta persona, per això **cal que siguis realista i recordis els**

motius pels quals ja no esteu junts. També és bàsic que siguis objectiva i provis d'imaginar si sereu capaços de solucionar allò que us va fer separar.

Si estàs convençuda de voler-lo recuperar, no tens altre remei que dir-l'hi abans que tot això es refredi i en trobi una altra. Almenys que no et puguis penedir de no haver-li expressat el que sents. D'aquesta manera aclariràs també els seus sentiments i podràs saber si això vostre té futur. En el cas de no estarne segura, el nostre consell és que no emboliquis la troca, podríeu fer-vos mal l'un a l'altre sense possibilitat de retorn.

COMENTARIS:

EduuTC!
kpasatitiiss
Trobo normal que de vegades es vulgui recuperar una relació amb un ex... Si heu estat molt de temps estimant-vos i ho heu deixat per alguna enganxada, quan passi el temps segur que allò s'acabarà perdonant i els bons moments no s'obliden. Jo de tu lluitaria per recuperar-lo! Segur que ell també et troba a faltar.

FBC<3
Jejjjej
Jo no hi estic d'acord, no cal remenar les relacions del passat... Si es talla una relació és perquè alguna cosa no funciona, doncs borrón y cuenta nueva. A buscar la il·lusió en algú altre, però no et quedis travat a la mateixa pedra, perquè està clar que si el primer cop va fracassar, ho tornarà a fer... No estem per perdre el temps!!

OlaKa6
@loveme
Si després de deixar-ho amb ell has estat amb un altre i ara t'hi estàs tornant a pillar... és que deu valdre bastant la pena! Jo valoraria si el motiu pel qual vau tallar és força important o una mica xorrada, com el que dius que tu estaves massa a sobre d'ell... Les persones canvien, i també es mereixen segones oportunitats! Molta sort, segur que esteu fets l'un per l'altre :)

«M'ha vingut la regla i no sé posar-me un tampó»

Una lectora d'*Adolescents.cat* ens ha fet arribar aquest dubte i nosaltres avui li contestem. T'ha vingut la regla i no saps com posar-te un tampó? Tu tampoc pots anar a la piscina perquè encara no saps com es posa? Llegeix aquest article!

«Hola, adolescents. Resulta que aquests dies anem a la piscina a classe d'educació física. Faig quart d'ESO i m'ha vingut la regla aquest any, i la qüestió és que no em sé posar tampons! Després vaig a la piscina i no sé quina excusa posar perquè em fa vergonya! Què puc dir o fer?».

Resposta de la redacció d'*Adolescents.cat*:

Hola!!! El millor que pots fer és ser valenta i aprendre a posar-te un tampó. Si és la primera vegada et recomanem posar-te un tampó amb aplicador de plàstic i de mida petita (normalment el petit té la caixa de color lila, però el de caixa groga, que és el normal, també t'anirà bé).

Cal que estiguis superrelaxada, si no, els músculs d'allà baix es contrauen i no entra el tampó.

GGGRR

Et recomanem dues postures per posar-te'l:

- Asseguda a la tassa del vàter
- Amb una cama a sobre del vàter

Com m'he de posar el tampó?

1) Treu-lo del plàstic.
2) Estira del tub interior cap a fora fins que se senti un «clec».
3) Col·loca la mà amb el dit índex a la part de dalt del tub.

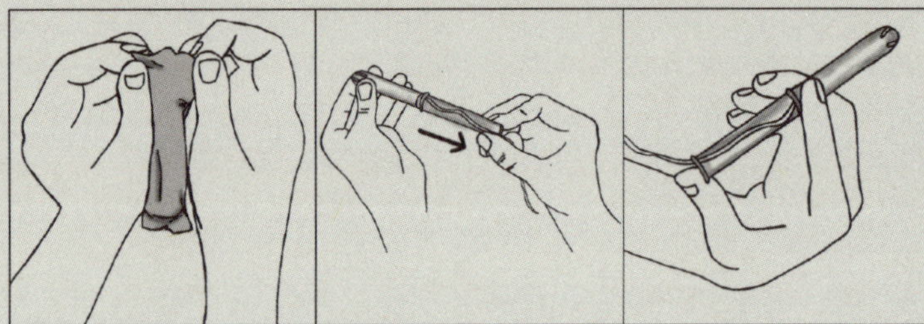

4) Introdueix el tampó dintre teu i quan estigui entrant prem el tub a poc a poc.

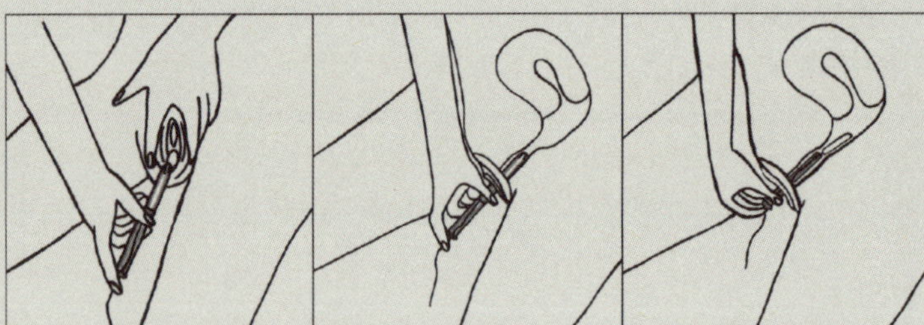

5) Retira el tub de plàstic.
6) Què he de fer quan me'l vulgui treure? Estirar del filet!

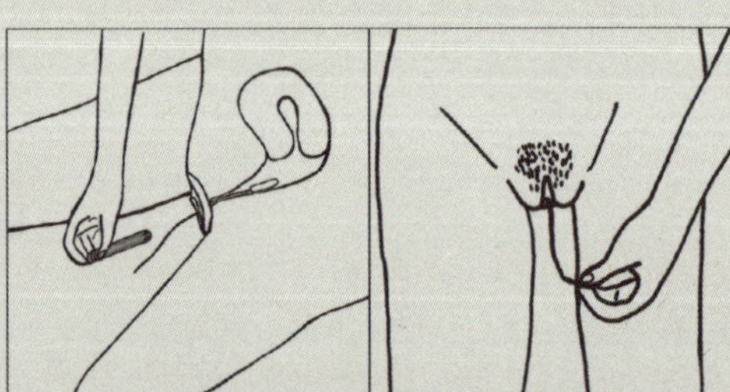

Si notes molèsties és possible que te l'hagis posat malament... En aquest cas treu-te'l i intenta posar-te'n un altre!

«La meva amiga va ara amb el meu EX!». Consells per si et trobes en aquesta situació

Encara que ella sempre hagi dit «mai aniria amb un ex teu...», en l'amor no es poden triar les coses que passen ni quan passen. Així que el millor és superar i acceptar la situació. No serà fàcil, però tampoc impossible...

consell 1

Abans de res és molt important que tinguis una cosa clara: El teu ex ja és passat. El que t'ha d'importar realment és la relació d'amistat que tens amb la teva amiga. Has de lluitar per aquesta amistat. El més fàcil és engegar-ho tot a la merda, però no.

consell 2

Si has sabut que el teu ex i una de les teves millors amigues estaven sortint junts per terceres persones, és normal que et sentis malament i perdis la confiança en ella. El millor és que parleu les dues i li facis saber com et sents. No li retreguis el que ha fet, demana-li que t'expliqui la història.

consell 3

Si ja fa temps que tu i el teu ex vau trencar, és moment de passar pàgina definitivament i donar suport a la teva amiga. Pensa que ella, segurament, està més nerviosa que tu perquè li sembla que fa mal fet. Fes un esforç i anima-la. Si veure'ls junts se't fa estrany, pren una mica de distància. No fa falta quedar sempre amb ells dos! La teva amiga és ella. Ell només és el teu ex.

consell 4

No et trenquis el cap pensant per què han acabat junts i tampoc et «matxaquis» a preguntes tot el dia. Tira endavant. La teva amiga és feliç així, doncs millor per a ella. Segueix amb la teva vida i no perdis l'oportunitat de conèixer nois més guapos i més interessants que el teu ex! N'hi ha molts! De veritat ;)

COMENTARIS:

Irenne
grrr...
A mi em va passar una cosa així... A la meva amiga i a mi sempre ens havia fet gràcia un noi del poble, i ens «barallàvem» per ell en plan broma. Però la broma se me'n va anar de les mans, em vaig pillar d'ell, vam estar de lio un temps... I l'amiga se'm va venjar robant-me'l. I ara no tinc ni amiga ni nòvio. Ole, ole!

Maruchiii:)
...
A mi no m'ho han fet mai, espero que no m'ho facin, perquè ho has de passar força malament... Veure com la teva millor amiga et traeix d'aquesta manera, anant-se'n amb el noi pel qual estàs patint... Has de tenir molt mala llet!

Com tens l'autoestima?
Pàg. 270
Sóc homosexual?
Pàg. 273

Algunes d'aquestes cares folren les nostres carpetes, les nostres agendes i fins i tot les parets de la nostra habitació. Tots hem somiat alguna vegada amb ser famosos... Aquests són alguns dels nostres ídols.

*L'equip de redactors d'*Adolescents.cat *no ens hem estat de portar-los al TESTER. Ens ha costat, però al final ho hem aconseguit. Tots ells han contestat les preguntes més sucoses per a tots vosaltres:*

Mikel Iglesias
Els Catarres
Úrsula Corberó
Carlos Cuevas
Andreu Rifé
Igor Szpakowski
Amelie

BENVINGUTS AL tester

tester

Quantes vegades t'han trencat el cor?
Un cop.

Quantes vegades l'has trencat tu?
No ho sé, però sempre m'ha sabut greu, no m'ha agradat gens i m'he «castigat» a mi mateix.

Ets de petó a la primera cita?
Sí.

Què et posa «tontorrón»?
Qui sap... :D

Algun cop has lligat al teatre o a la tele?
Sí.

Quina és la millor sensació que has tingut mai?
Els dos estius amb els polseres.

Descriu l'amor amb una frase.
Felicitat i tristesa. La defineixo amb dues paraules perquè normalment tot va bé fins que a un dels dos els agafa la tristesa.

Quin és l'adjectiu que et descriu millor?
La gent m'estima des de sempre, diuen que tinc un gran cor.

Vols dedicar el test a algú?
A totes les seguidores de la sèrie i que ens segueixen a Twitter diàriament.

Quina és la cançó que més t'agrada del món?
M'encanta Metronomy, Supertramp, Gorillaz, M83, Red Hot Chili Peppers...

El guapíssim actor de Rubí i autor d'aquest pròleg, en Mikel Iglesias, ens ha contestat el TESTER d'Adolescents.cat. Estàs a punt de saber quantes vegades li han trencat el cor... tot i que si ets Mikelera potser ja ho saps!!!

Mikel Iglesias

ACTOR

tester

Quantes vegades t'han trencat el cor?
Jan: Incomptables... Mínim 7.
Roser: Unes 4, crec...
Èric: Unes 3 vegades!

Quantes vegades l'heu trencat vosaltres?
Jan: Incomptables! ... Mínim 7.
Roser: Ostres, això no ho sé...
Èric: No massa, sóc bon nano jo, ha ha.

Sou de petó a la primera cita?
Jan: Em costa fer petons a algú amb qui encara no hi tingui confiança!
Roser: Gens! No m'agraden gens els nois que van a "sacu".
Èric: No, bé, no ho sé, fa massa temps que no tinc una cita! Hahaha.

Què us posa «tontorrons»?
Jan: En una noia em posa tontorron que sigui descarada i desacomplexada. En un noi no em posa res tontorron. Hahaha.
Roser: Un bon cervell.
Èric: Suposo que depèn de la noia, el lloc i la situació, però la mirada hi juga un paper molt important.

Des que esteu a l'aparador mediàtic, lligueu més?
Jan: No ho sé perquè he tingut el cor ocupat la major part d'aquests dos anys!
Roser: No massa, macagum l'ou...
Èric: Impossible de saber! Com diu en Joan, jo també tinc el cor ocupat des de fa un temps!

Quina és la millor sensació que heu tingut mai?
Jan: Una de les millors, la del primer petó.
Roser: El primer petó no és una bona sensació...Quan ja te n'han fet uns quants sí que és de les millors coses!
Èric: Cantar una cançó amb milers de persones davant teu cantant amb tu.

Descriviu l'amor amb una frase.
Jan: L'amor és la millor arma per lluitar.
Roser: L'amor és brutal!
Èric: L'amor és imprevisible però massa perfecte per deixar-lo passar de llarg.

Quin és l'adjectiu que us descriu millor?
Jan: Tímid
Roser: Si parlem d'amor, puc dir que sóc una persona molt sincera.
Èric: Sóc un manta...

Quina és la cançó que més us agrada del món?
Jan: Cada dia la canvio! Avui per mi és *Senza Parole* de Vasco Rossi.
Roser: M'encanta Ketama des que tenia 10 anys.
Èric: Ara mateix *En voler*,de Projecte Mut.

Voleu dedicar el tester a algú?
Jan: A l'Ernest Codina i tot l'equip d'Adolescents.cat. Perquè són gent de puta mare!
Roser: A tots els nostres seguidors i a Adolescents.cat!
Èric: A tots vosaltres!

Els vam conèixer amb el hit "Jenifer" i fins i tot l'expresident Jordi Pujol els va citar en un dels seus discursos. Èric, Jan, Roser! Quan vulgueu passeu pel Tester d'Adolescents.cat :)

Els Catarres

GRUP MUSICAL

tester

Quantes vegades t’han trencat el cor?
Una i suficient...

Quantes vegades l’has trencat tu?
Crec que unes quantes... Però sense intencions de fer-ho!

Ets de petó a la primera cita?
No ho hauria de ser?

Què et posa “tontorrona”?
L’alcohol amb petites quantitats, no bec mai...

Algun cop has lligat al teatre?
Mmm... No.

Quina és la millor sensació que has tingut mai?
La de ficar-me al meu llit, els altres no valen.

Descriu l’amor amb una frase.
La part bona de la vida.

Quin és l’adjectiu que et descriu millor?
Observadora.

Vols dedicar el test a algú?
A aquells que vulguin que els hi dediqui.

Quina és la cançó que més t’agrada del món?
Virtual insanity de Jamiroquai.

Ens va fer molta enveja quan sortía amb el pibon del Martí a Ventdelplà però quan realment es va convertir en una gran estrella encara ens en va fer més: va saltar a la fama amb el seu paper de Ruth a Física o química. A més de ser molt guapa, l'Úrsula és súper simpàtica!!!

Úrsula Corberó

ACTRIU

tester

Quantes vegades t'han trencat el cor?
489792, ara per ara.

Quantes vegades l'has trencat tu?
Sóc un bon noi jo!

Ets de petó a la primera cita?
Amb la Jessica Chastain segur.

Què et posa "tontorrón"?
L'accent uruguaià.

Algun cop has lligat al teatre?
És un lloc maco, no?

Quina és la millor sensació que has tingut mai?
Que el públic es posi dempeus per aplaudir quan acaba la funció.

Descriu l'amor amb una frase.
No es pot això! Algú l'ha contestat?

Quin és l'adjectiu que et descriu millor?
Inconformista.

Vols dedicar el test a algú?
Ja que hi som, a tots aquells que em vinguin a veure al teatre.

Quina és la cançó que més t'agrada del món?
Si no sóc capaç d'escollir un àlbum tampoc podré escollir una sola cançó. Però us en deixaré tres, *Love Me Two Times* de The Doors, *Wild Horses* de The Rolling Stones i *Know-How* de Kings of Convenience.

La redactora que va rebre aquesta foto al seu gmail del Carlos Cuevas una mica més i li agafa un patatús. Què podem dir d'ell? És el seductor de Catalunya, el galant més admirat d'aquest país, i aquí el tens... Ell també passa pel TESTER!

Carlos Cuevas

ACTOR

tester

Quantes vegades t'han trencat el cor?
No ho recordo. Però sempre me l'han acabat reparant.

Quantes vegades l'has trencat tu?
Algunes que jo sàpiga. I que no sàpiga, potser alguna més...

Ets de petó a la primera cita?
Sí. Sempre he pensat que el que no sàpiga fer a la primera ja no ho sabré fer a la segona.

Què et posa "tontorrón"?
La meva zona fatídica és l'orella i rodalies.

Algun cop has fet sevir la guitarra per lligar?
I el piano també.

Quina és la millor sensació que has tingut mai?
El sopar que vaig fer una nit d'estiu al terrat de casa amb la Marilyn Monroe. Llàstima que el despertador ens va acabar tallant el "rollo".

Descriu l'amor amb una frase.
L'amor és 1 petó, 2 petons, 3 petons, 4 petons, 3 petons, 2 petons, 1 petó i cap petó.

Quin és l'adjectiu que et descriu millor?
Sóc un home amb sort.

Vols dedicar el test a algú?
A la Marilyn. Bonica, espera'm al cel que vaig arribant...

Quina és la cançó que més t'agrada del món?
Impossible respondre. Però Pink Floyd és el grup amb el que més m'he emocionat.

Ens ha fet plorar amb Fil de llum i ens ha emocionat encarnant el Doctor Josep a Polseres vermelles. Un dels cantautors de referència del nostre país, i plurifacètic. Sabeu que Andreu Rifé ha estudiat per arquitecte??? Ens explica tots els seus secrets al Tester d'Adolescents.cat.

Andreu Rifé

ACTOR

tester

Quantes vegades t'han trencat el cor?
Mai, de moment.

Quantes vegades l'has trencat tu?
No ho sé, potser alguna vegada sense adonar-me'n.

Ets de petó a la primera cita?
Depenent de l'altra persona.

Què et posa "tontorrón"?
Una mica de tot ;)

Algun cop has lligat al teatre?
No. Però fent tele sí...

Quina és la millor sensació que has tingut mai?
La de poder fer els meus somnis realitat.

Descriu l'amor amb una frase.
Totes les coses maques, com per exemple l'amor, s'acaben.

Quin és l'adjectiu que et descriu millor?
Guillat.

Vols dedicar el test a algú?
No...

Quina és la cançó que més t'agrada del món?
Hi ha moltes que m'agraden, però un destacable seria la de *Llittle Lion man* de Mumford & Sons.

Encarna el segon líder a Polseres vermelles. Simplement ens encanta com a persona, com a amic dels seus amics... bffff és genial. Si vols descobrir tots els seus detalls més íntims no et perdis el Tester que li hem preparat!

Szpakowski

TOR

tester

Quantes vegades t'han trencat el cor?

Albert: Un cop ja fa 4 anys!!

Edgar: Alguna vegada, per sort no gaires.

Marcel: Me'l van trencar un cop quan va acabar la meva primera relació; només tenia 15 anys. Va ser un cop molt dur, però em va ajudar a madurar i seguir lluitant pels meus somnis.

Àlex: De moment cap.

Carles: Un cop, ja fa alguns anys.

Quantes vegades l'has trencat tu?

Albert: Jo mai... hehe.

Edgar: Algun que altre cop. Però sempre buscant el millor per a les dues parts.

Marcel: Crec que l'he trencat un parell de cops i al final he acabat amb un regust agredolç, mai deixar escapar una cosa que has estimat és fàcil.

Carles: Crec que un cop, també. Però penso que quan una relació no funciona, s'ha de ser honest amb l'altra persona.

Àlex: No t'ho sabria dir exactament, per sort o per desgràcia els cops que he estat en una relació sempre he acabat tallant jo.

Ets de petó a la primera cita?

Albert: Normalment no, però pot passar!

Edgar: Mmm.. Si l'ocasió ho mereix, sí.

Marcel: Doncs no t'ho negaré pas, m'encanta creuar mirades, somriures, sentir un lleuger pessigolleig a la panxa…i acabar tot aquest joc amb un petó.

Àlex: Depèn. Normalment sí, ja que si tinc una cita amb algú és perquè m'atrau. Però no totes les cites ni tots els petons són iguals.

Carles: Els petons són com els "t'estimo". S'han de saber donar en el moment oportú. A vegades aquest moment és a la primera cita... i a vegades no!

Què et posa "tontorron"?

Albert: Adolescents.cat!!!

Edgar: Les noies interessants.. i també, estar tocant i veure tots els nostres seguidors/es cantant les nostres cançons! uff! Haha.

Marcel: El que més tontorron em posa és el cul d'una noia mmmmhh!

Àlex: M'encanten les carícies i els massatges... però en la intimitat.

Carles: La mirada... és el que més m'atreu d'una noia!

Algun cop has fet servir el teu instrument per lligar?

Albert: És molt temptador però no!

Edgar: La veritat és que no... Bueno va, sí, alguna vegada. Però shhhh.

Marcel: Si, és una tècnica més de seducció el fet de tocar en un grup com és Amelie, i haig de reconèixer el resultat ha estat molt positiu.

Àlex: No, de fet no sé tocar la guitarra així que ho tinc difícil jejejeje.

Les seves cançons ens posen la pell de gallina, les seves lletres ens fan somiar. Els Amelie: l'Albert, l'Edgar, el Marcel, el Carles i l'Àlex passen pel TESTER d'Adolescents.cat. T'ho perdràs?

Amelie

GRUP MUSICAL

Carles: Sí! Tot i que el resultat no va ser l'esperat, en vaig treure una cançó que va resultar ser... *Per tu*! El nostre primer single!

Quina és la millor sensació que has tingut mai?
Albert: La sensació de pujar a l'escenari amb els meus 4 millors amics.
Edgar: Crec que aquí coincideixo força amb els meus companys de grup, i és que veure tot el que hem anat aconseguint mica en mica, treballant fort, quan veus que has omplert una sala, o un concert en general i la gent canta les teves cançons, és impressionant.
Marcel: Una de les millors sensacions que he tingut mai va ser el dia que vaig conèixer al meu ídol Travis Barker, bateria del grup Blink 182.
Àlex: Poder complir el meu somni, i gaudir-ne cada dia amb tots els somiadors i somiadores, i sobretot amb els meus 4 millors amics.
Carles: La de pujar a un escenari i, sobretot, la de veure les cares de tota la gent que ens segueix. Sonarà a tòpic, però no seríem res sense cadascun d'ells. Per això ens agrada viure aquest somni ben a prop de tots els nostres seguidors. Ho són tot, tot, tot!

Descriu l'amor amb una frase.
Albert: El que tots volem, el que costa de trobar i el que mai vols perdre!
Edgar: La màgia de l'amor és que passa per un camí de punts que es repeteixen, però sempre es viuen com la primera vegada. L'amor arriba quan menys t'ho esperes. (Edgar, carinyo.... Hem dit una frase! XD)
Marcel: L'amor és tota aquella raó per la qual existim.
Àlex: Bonic i complicat, però el que ens fa ser qui som.
Carles: L'amor té raons que la raó no entén. I justament això fa que l'amor sigui una cosa tan màgica!

Quin és l'adjectiu que et descriu millor?
Albert: Caparrut.
Edgar: Inquiet.
Marcel: Esbojarrat.
Àlex: Ambiciós.
Carles: Somiador.

Vols dedicar el test a algú?
Albert: A tots els Somiadors i Somiadores d'arreu!
Edgar: A tota aquella gent que lluita per aconseguir superar les seves metes. Si tens un somni, Fes-lo Realitat!
Marcel: A tots aquells que esteu llegint això, a la gent que em coneix i que ara sap una petita part més de mi i a tots aquells a qui els meus consells puguin ajudar.
Àlex: A tot l'equip d'Adolescents.cat, que sou molt grans!
Carles: A tota la gent que ens aguanta, que ens segueix, que ens escolta, que algun cop s'ha emocionat amb una cançó nostra... A tothom que fa possible que a dia d'avui visqui un somni i una de les etapes més maques de la meva vida!

Quina és la cançó que més t'agrada del món?
Albert: Qualsevol d'en Jack Johnson.
Edgar: *Everlong* de Foo Fighters.
Marcel: *Feeling This* de Blink 182.
Àlex: *Miserable at best* de Mayday Parade.
Carles: *The A Team* d'Ed Sheeran.

OLA K DISE

En aquest capítol tu ets el protagonista. Nosaltres et proposem el tema i tu ens expliques el que vulguis. A través dels teus comentaris i de la teva experiència, altres adolescents podran documentar-se per no ensopegar amb la mateixa pedra.

La teva opinió ens importa i també importa als adolescents d'aquest país. Per això hem fet un recull de les millors preguntes i les millors respostes especialment per a tu. En aquest capítol volem que ens parleu des de com són els vostres profes fins a quin és el pitjor ridícul que heu fet mai o les millors excuses que heu posat.

L'experiència és un grau i volem saber la vostra. Anècdotes que ens han fet riure, que ens han posat la pell de gallina, d'altres que ens han emocionat i ens han fet recordar un moment de la nostra vida que hem passat per la mateixa situació. Volem que t'emocionis amb nosaltres.

Ara ja saps què trobaràs en aquest capítol: temes que preocupen els adolescents en boca dels adolescents. Opinions, pensaments, creences, suggerències... tot és benvingut en aquest capítol fet per a vosaltres i per vosaltres, de la vostra mà i de la vostra ment.

Com són els vostres profes?

Nuri
bubibu
Us en faig una breu descripció:
–català: superfriki. Si fas una falta tens el curs suspès
–castellà: pijafashion de la muerte... Buhh... quina dona
–anglès: es pensa que parla bé l'anglès i en realitat té un accent superraro
–mates: dels que va de simpàtic però te la fot per darrere
Dels altres no hi ha res a destacar...

Aleix
lamevaprofenecessitaunpolvet
Tenim una professora que està amargada de la vida... la pobra no pot parar de cridar... Tothom diu que el que necessita és fer nyiqui-nyiqui...

Tina
Em posa el profe de plàstica
Tenim un profe de plàstica que està com un caramelet... Té uns 30 anys i realment ens alegra la vista. Llàstima que fins dimecres no tornem a tenir l'assignatura...

Anooooonimus
musmusmusmus
A mi em posen dels nervis els profes que no has acabat de copiar la pissarra i la comencen a esborrar... Quina ràbia, Dioooos!
I els que no saben explicar? O encara pitjor, els que no expliquen i donen la lliçó per feta!
Fatal, fatal, fatal.

Otger
professors
Jo crec que no està gens bé criticar els professors... al cap i a la fi ells intenten fer la seva feina com poden. Som nosaltres qui molts cops no els la deixem fer. Hauríem de tenir un reconeixement cap a ells i intentar posar les coses més fàcils #jahohedit

XXXX
&&&&
Jo tinc dos profes que ho peten de veritat: l'un és el de biologia. El considerem un amic més del grupet. A l'hora del pati ve amb nosaltres i ens explica coses realment interessants... L'altre, el Ferran, un profe que és una mica despistat i que s'està a punt de jubilar. Té més bon cor, pobre home... i sempre t'ajuda en el que necessites.

Deborah_llibres
Ratolineta de biblioteca
Per què totes les profes d'anglès són súper bordes i els de filosofia tan xalats? Amb les meves amigues juguem al que hem batejat com a: digues com se diu i et direm què ensenya. Per exemple: una profe que es diu Rosa segur que és la profe de Català, Toni és nom de profe de reli, Jesús és de tecnologia… i així anem pensant noms i quina matèria els queda bé :P

Mirens
Noemtoquiselcul
Odio que els profes d'educació física entrin al vestuari sense trucar la porta. Per què coi ho fan? És una cosa universal!!! Al meu insti ens hem queixat vàries vegades… però es veu que la culpa és nostra perquè ens canviem súper lentes…. Si veiessin els karaokes que ens fotem a la dutxa amb el xampú de micro….

Les pillades més heavys que us han fet

La_pulido
dutxa!
Doncs jo una vegada estava dutxant-me i no sabia que a casa hi havia el nòvio de ma germana... total, que jo estava allà, acabo i quan surto em trobo allà el nòvio de ma germana pixant i JO EN PILOTA PICADA!!! En sèrio, quina vergonya vaig passar, impressionant. Sort que ens portem superbé i som molt amics!, hahaha

Anònim33
pillada com una catedral!
Com cada tarda m'estava fent fap-fap a la meva habitació allà tan tranquil (sempre que estudio me'n vénen ganes...) i va i entra la meva àvia i em troba amb les mans a la massa i mai millor dit. Sort que vaig poder dissimular i vaig posar el llibre de socials a sobre com si fos una tenda de campanya. Per cert, ara el llibre de socials està tacat!

Deivit
gispertis
La meva pillada en el moment menys oportú va ser quan em vaig quedar atrapat a l'ascensor amb la meva nòvia i al veure que trigaven molt a obrir ens vam començar a enrotllar. Casualment quan estàvem al mig de petons i carícies les portes es van obrir i a fora hi havia els bombers, els meus pares i els meus avis... Sí, la pillada més tonta del món!

Os+car
sol a casa
La meva pillada més bèstia va ser un dia quan els meus pares van anar a balls de saló i jo em vaig quedar sol a casa. La meva nòvia va venir i vàrem començar a fer-nos fap-fap al llit dels meus pares. Ens vam motivar tant que se'ns va passar l'hora i els meus pares van entrar a l'habitació i ens van pillar de ple.

Ari
aruuus!*
Jo crec que em vaig traumatitzar de per vida quan de petita vaig anar al llit dels meus pares perquè no podia dormir i els vaig trobar allà fent la xixadeta! Jo crec que aquella imatge no se m'esborrarà mai!

Coses que us han passat per ser despistats:

Marta365,
XXX
No hi havia ningú a casa meva i vaig marxar cap a l'institut sense claus i quan vaig arribar vaig adonar-me que m'havia deixat la motxilla dins a casa i tenia control a aquella hora amb un treball que si no s'entregava no s'aprovava. Vaig haver d'anar corrents a l'altra punta del poble a buscar les claus de ma germana, tornar a casa i tornar a l'institut. Ho vaig fer corrents i quan vaig arribar la profe es pensava que m'agafaria un atac de cor allà mateix.
XD

rkgfahgfa
Anònimaags,
Un dia quan tenia uns 5 anys vaig anar al centre comercial amb el meu pare, tot caminant vaig veure unes sabates molt maques i em vaig parar a mirar-les, al cap d'un moment vaig veure que el meu pare ja havia marxat, i vaig començar a córrer i a cridar com una boja! Hahahaha, sort que vaig entrar a una botiga i li vaig dir al guarda de seguretat que m'havia perdut, el guarda em va ajudar. El molt fill de puta va anar a dalt a un lloc i va parlar per un micròfon, i ja us ho podeu imaginar, tot el centre comercial es va enterar que m'havia perdut. El meu pare em va venir a buscar, i li vaig donar una abraçada, estava superasustada... Vaig estar dos anys sense tornar a entrar en aquell centre comercial, em feia fòbia...
En fi... Un petó a tots!

aelkfnsdlkfnrarfklsdf,
flsañsek
Buf! A mi em passen coses cada dia per ser despistada! Fa poc he perdut les notes del 2n trimestre i ma mare es pensa que he suspès o algo perquè no li vull ensenyar, no es creu que les he perdut! Hahaha.
He perdut mil jaquetes, mocadors, arracades... Em deixo l'entrepà a casa 4 dies a la setmana i m'oblido les claus 10 cops al mes! Ma mare diu que sóc un cas! Hahaha, sóc el desordre personificat. Sabeu algun remei?? En sèrio, sóc fatal...
Un petó, catalans/es!

djfbjdb
hjbdfjhbgdjfg,
Quan tenia 13 anys vam sortir els meus pares i el meu germà de casa, i jo vaig ser l'última a sortir i vaig tancar la porta, però no em vaig adonar que les claus del meu pare estaven posades al pany des de dins de casa. Quan vam arribar a les tantes de la nit, no podíem obrir la porta des de fora, i el meu pare va haver de saltar des de la terrassa del pis del costat fins a dins de casa per obrir la porta. Pensava que em mataven! :')

aaah!!!
Janice,
Anar a la parada del bus sense motxilla.

Uu' Jajajaja
jo encara pitjor!
Me'n vaig anar amb un coixí del sofà de casa cap al col·le. Quan anava a baixar del cotxe la meva mare em va dir «què fas amb això?» i jo que ni m'havia donat compte... Gràcies a ma mare!
Bessos :*

XXX

Què busquen els nois de les noies? I les noies dels nois?

Muck:)
Anònimhdfbskakr,
Les ties sempre busquem tios perfectes, i d'aquests ja no en queden... I els tios sempre busquen unes bones tetes i un bon cul... D'aquests sí que n'hi ha, però la meitat no valen la pena.

o noi
Enamoradet,
Jo sóc noi i a més de fixar-me en el físic, la intel·ligència de l'altra persona també és important per a mi.

Noia bisexual
Hmmm,
L'únic que vull es caminar amb algú de la mà, saber que m'estimen.
Jo sóc bi, però no m'agraden molt les ties. En el primer que em fixo d'un noi és en el seu físic, perquè és el primer que tots veiem, òbviament. Poc importa la resta perquè ha de fer-me riure, els mimos són essencials, ha de preocupar-se per mi i ja ho té tot per enamorar-me... Una noia només ha de ser mona, per mi, no sé, doliça, agsgah.
M'ha agradat gent molt diferent, la qüestió està a satisfer-me mentalment :3

nena
noiaaa,
Jo un tio simpàtic, que li agradi estar amb mi i amb els meus amics, no cal que sigui superwpo però tampoc lleig. :)

a veure...
ME!!
Però què us penseu, que trieu la persona de qui us enamoreu? De veritat ho creieu? Perquè jo no ho crec pas. És impossible triar-la perquè tu no controles els teus sentiments, mai. Per tant sí, pot ser guapo/a, simpàtic/a, etc., etc.!, però és k per la mateixa regla de tres també pot ser antipàtic/a, lleig o lletja però igualment si t'enamores... no hi podràs fer res i tu el o la veuràs guapo/a i atractiu igualment, no? Perquè t'has enamorat, te l'estimes... i no hi pots fer res més!

Soc nen
sdfkjaslñdfjkasdf,
Noi: jo sóc noi, i penso que com ja han dit en altres comentaris, quan t'enamores no tries de qui. Jo em vaig enamorar d'una noia, que ara és la meva nòvia, però al principi no vaig pensar que m'agradaria, la veia molt simpàtica, divertida i tal, però no hagués pensant que m'enamoraria d'ella. I per això diria que és difícil saber com t'agrada una noia, si quan t'enamores, és totalment diferent del tipus de noies que t'han pogut agradar abans.
I una cosa que volia dir és que les noies en general sou una mica innocents, i per això els tios a vegades us prenen el pèl fent-vos creure que estan per vosaltres. I en aquest sentit heu d'anar amb molt de compte perquè us poden fer mal, i les noies us mereixeu lo millor, perquè sou lo millor d'aquest món.
Dit amunt per la independència! II*II

El ridícul més gran que heu fet mai

gnsdiog
Anònimaaaaaaaaaaaaaaaaaa,
Jo estava davant del tio que em mola i una amiga seva va dir-me que anés amb ells. Jo decidida vaig anar posant-me bé el cabell per anar guapa. Hi havia un graó i no el vaig veure. I ja us podeu imaginar què va passar, vaig caure davant dels seus nassos. Tothom va començar a riure. Em vaig posar vermella i vaig anar corrents al lavabo. Ell em va seguir i em va dir: «Estàs bé?».
Jo li vaig contestar que no. Em va besar i des d'aquell moment som nòvios.
VA SER EL DESTÍ! :)

AJAJAJ:')
Marrrrrrrriona*-*
M'ha passat avui mateix... pobre de mi! Els volia enviar un whatsapp a mons pares... i resulta que al clicar m'he equivocat, i ho he enviat a un grup que tinc amb els amics de l'insti... i no vegis, quina calor m'ha agafat! Tothom dient «Què dius tio?», «Què?». I jo allà borrant el missatge i donant explicacions. Ai, mare!! No si el que no em passi a mi :')!
Ridícul, Adolescents! Això és fer el ridícul! :')

al riu!!!
Anònim^^,
Estàvem en un riu i teníem que travessar-lo, la cosa és que hi havia el noi que m'agrada i em va dir que m'ajudava. Jo li vaig dir que no i en el moment que vaig saltar vaig posar malament el peu a la roca i vaig patinar. La sort que vaig tenir és que no se'n va riure, ni ningú ho va fer, i no vaig caure a l'aigua, però allà davant m'estava morint de vergonya.

gimnàs
horrorós!!!
Era els primers dies d'ESO, tocava gimnàs a la tarda, i anem al pavelló.
Al final de la classe sempre fem estiraments, pro aquell dia anava amb pressa i me'n vaig oblidar. Vaig anar-me a canviar de pressa i corrents, vaig treure'm la samarreta i no me'n vaig recordar, vaig agafar la de xandall i anant cap a la sortida del vestidor me l'anava posant, pel passadís ja la tenia mig posada, i quan em vaig girar hi havia un nen darrere meu, em va veure amb sostens, per sort d'esquenes! Com no, ell l'hi va dir a un altre nen, pro després ja van callar!! Va ser horrorós!!

Uffff...xd
Anònimaajdajdadaff
Hahaha, no tio, sempre faig el patós i tinc moltes anècdotes per explicar, però en la que més fatal ho he passat ha sigut en aquesta:
Estàvem a la geladeria amb la colla d'amics i jo em vaig agafar un gelat de nube (és un gelat blau amb tarrina que té trossets de nube per dintre) i bé, doncs aquet gelat deixa molt blau, no, i jo me'l menjava taaaaan a gust que estava tota la boca blava, hahaha. Llavors els meus amics se'n reien i jo no sabia de què i no m'ho deien, així que passem x davant d'un grup de nens i em fan: «Que et molen els Pitufos?» Hahahaha, llavors ho vaig entendre tot i quasi mato els meus amics ._.

uhk
gfgd
Li va passar a ma germana: estava a la seva habitació, es va ficar música i es va posar a ballar allà too sesy. Tenia la porta tancada però no se n'havia adonat que la persiana del balcó estava oberta, i hi havia la nostra mare espiant-la, ella se'n va adonar pq al ballar va fer un gir, després va dissimular... Diu q es va morir! Hhhahaha.

Les millors excuses que heu donat/us han donat

Kuki
excusa
Jo la típica excusa que faig servir quan estic a l'insti i tinc ganes d'anar a casa a descansar és dir que tinc la regla i que em fa molt mal la panxa... Poso una mica de cara de peneta i els profes em deixen marxar... ^^

Inenglish
xoxoxoxo
Cada tarda els poso als meus pares l'excusa que tinc anglès per escapar-me amb un noi que va a la mateixa classe d'anglès que jo... El problema va ser quan ma mare va passar per davant d'un parc i ens va veure, al meu amiguet i a mi, donant-nos el lote... Vaia bronca em va caure! I se m'ha acabat l'excusa!!!

Helens
aliats
Doncs els meus pares són els meus aliats... Quan era petita i no em venia de gust fer piscina o feia molt de fred com per sortir amb els cabells mullats la meva mare em posava una nota a l'agenda dient que no podia fer educació física perquè estava refredada... Sempre m'han ajudat a posar excuses!!!

vòlei
vigileu
Vigileu amb això de les excuses perquè jo jugo a vòlei federat i un dia vaig posar l'excusa que no havia pogut anar a «entreno» perquè la profe ens havia castigat. Surto de l'insti a les 3 de la tarda i tinc entreno a les 7. Òbviament no va colar i al partit del cap de setmana no em varen convocar!!!
Quina ràbia!!!

lelele

discotekero

Tinc 14 anys i un dissabte a la nit vaig decidir anar a una disco i els hi vaig dir als meus pares que me n'anava a dormir a casa d'un amic i ell li va dir als seus que anava a casa meva. El problema va ser quan els meus pares van trucar a casa del meu amic i es van assabentar de la gran trola!!! Hahahaha, bé, vist així fa gràcia, però en aquell moment no me'n va fer gens!

game_over

looser92

Com que ja tinc el cul pelat i sóc un gat vell us explicaré l'excusa que faig servir sempre per entregar més tard els deures. Consisteix a obrir un word buit, copiar-lo com a bloc de notes, esborrar-ne una part i guardar-ho. Li envies al profe aquest arxiu i mentre tu fas el treball al teu ritme. Mentre que ell ho obre i veu que l'arxiu està danyat i t'avisa passen uns 5 dies que tu tens de més per anar fent el treball!!!

Quina és la millor manera de tirar la canya?

pubillaxondilla
hothothot
A mi em ve un tio i em fa un somriure d'aquests sexis i grrrrrr m'hi llanço a sobre i li faig el salt del tigre!!!

Anònim4
++*+*
Qualsevol excusa és bona per entrar a una persona. Lo important és estar segur de tu mateix i llançar-te de cap a la piscina. Si no tard o d'hora te'n pots penedir!

Eudald
Eueueueu!
El secret és ser tu mateix i no fingir ser algú que no ets. Si et fas passar per un altre, tard o d'hora ho acabarà notant i potser no li agrada. Fes el que et surti de dins i segur que l'encertes. Ho dic per experiència.

123456789
00000000
Amb un bon somriure i sent simpàtica arribes a tot arreu. No com la meva germana, que és una borde i la pobra no pilla!!! No m'estranya que ningú l'aguanti! XD

Adolescentenamorada
joooo
Jo ho he provat tot i no hi ha manera... per molt que piqui pedra no pillo res... Què passa, que hem de començar a ensenyar teta per veure si s'acosten?

I ♥ U

Noiet
xixiviri
Aquestes noies que per tirar la canya es posen uns escots de l'hòstia són lamentables...

Capitàpescanova
Pescador
La meva tècnica és infal·lible. Jo practico la tècnica d'arrossegament. Per mi totes les noies són maques! Així que només cal tirar la canya a totes elles i alguna picarà! No falla mai. Això sí, em reservo els meus "truquillos"

Rouse
Ñañfklaeaa
Jo crec que el més important és ser tu i no pretendre ser algú que no ets. Conec moltes ties que si els mola un tio skater comencen a vestir estil skate i a anar amb patinet a tot arreu. Crec que has de ser tu mateixa i no tenir vergonya de com ets. Per mi aquest és el secret de l'èxit per pillar catxo.

Problemes de parella: n'heu tingut mai? Quines són les principals causes?

gUsI
IUS
El meu principal problema de parella és que no tinc parella. Penso que mai trobaré a ningú que valgui la pena i amb qui ser feliç. No em veig capacitada per tenir una relació ara per ara... Millor estar soltera! Fora maldecaps!!!

Pol
tellif
Si us plau... Algú em pot donar consells per poder ser millor nòvio? Realment m'estimo molt la meva petita i no vull perdre-la per res del món. Hi ha algun secret per saber-la fer feliç per sempre?

carloscuevaspibon!!!
ooooix
Doncs jo vull un noi guapo, intel·ligent, que m'entengui, que m'escolti... Crec que ja he trobat el meu noi ideal... El meu problema és com fer que ell es fixi en mi? És realment impossible!!!

Núria
lapelotuda
He tingut dos nòvios i amb els 2 ho hem deixat suposo que perquè ens hem avorrit l'un de l'altre i no teníem cap objectiu per fer en comú... Penso que som joves i hem de gaudir. No tots els amors són per sempre per molt que de vegades ens ho pensem.

Vinyet
SeCa
Fa 5 mesos que surto amb un noi i des de fa uns dies m'ha deixat de parlar així de sobte... No sé què li pot passar però estic molt atrapada... Li truco i no em contesta, i tinc por d'agobiar-lo!!!

Lluc
Jo penso que les noies sou massa orgulloses i sempre voleu que fem el que vosaltres dieu... Quan us trobeu amb un malote que no us fa cas aleshores us enamoreu d'ell. És així o no???

Jove
esfgfs
Crec que un dels principals problemes de parella que tenim a la nostra edat és que encara som molt joves i estem en edat d'experimentar. Encara que et moli molt el teu xurri saps perfectament que no estaràs amb ell per tota la vida tot i que molta gent es vulgui enganyar. Per tant lo important és viure el moment i passar-s'ho bé.

Solitària
...
A mi m'agradaria tenir parella segons els dies. Hi ha dies que m'encantaria tenir algú al meu costat perquè em fes mimitos i tal… però sé que ara mateix no en podria tenir. Sóc súper gelosa i no aguantaria veure'l ni que fos parlant amb una altra… grrrrr

Desamor: us han trencat mai el cor?

Genís
brokenheart
Estic molt enamorat d'una noia que mai podré aconseguir... És la típica popular de la classe, una noia guapíssima que a més m'encanta. Mai es fixarà en un noi com jo i no sé com superar-ho; la veritat, estic destrossat.

Galetona
000000
Jo crec que en una parella no tot són flors i violes i que si realment s'està amb algú s'ha de lluitar per estar amb ell. Ja sé que és molt utòpic, però cal lluitar no només al final de la relació sinó també en el dia a dia.

Georgeeee
kleenex
N'estic fart de ser el mocador de la meva millor amiga. Ella sap que a mi m'encanta i jo també sé que ella té nòvio. Però no és normal. Aquelles abraçades, aquelles carícies i aquells petons a la comissura són ben reals.

Nurieta_hello
darknesssss
Jo crec que he trencat més cors que si comptem les vegades que me l'han trencat a mi. No ho puc evitar. Jo crec que no he nascut per estar en parella. Quan em vénen molt al darrere em canso, m'agobio i tiro la tovallola.

Lisbeth
ioipaeof
Portava 3 mesos amb el meu amor quan ell em va deixar per una altra. Encara ara no ho puc entendre. No sé què he fet malament. Què té ella que no tingui jo? Què li dóna que no li pugui donar jo?

Jane
afkñsdj
El noi que em molava i amb qui estava sortint se'n va anar a viure fora bastant lluny d'on visc jo i m'ho vaig passar molt malament fins que em va dir que talléssim. Jo al principi pensava que seria molt millor per a tots dos però realment el trobo molt a faltar.

Noi4x4
Tarregarí
A mi m'han trencat el cor, el fetge, els ronyons i l'intestí… perquè després diguin que som els tios els que trenquem el cor. Aquí teniu un clar exemple que les ties feu amb nosaltres el que voleu.

Banyes

Natàlia
fot molt!
Portava 7 mesos amb un noi i vam tallar perquè ell m'havia ficat les banyes, no amb una, sinó amb 2 ties! Portava temps enganyant-me i jo no em vaig empanar. Una de les meves millors amigues m'ho va dir perquè el va veure un dia pel carrer liant-se amb una altra. He perdut un nòvio però la meva amiga encara s'ha guanyat més la meva amistat.

Laveudelsadolescents
aaaaaaaaa
M'agradaria dir a tots els nois i noies bonics de Catalunya que no patiu per un noi/a que no val la pena i que us fot les banyes. Teniu l'edat per menjar-vos el món i no el cap... Hi ha gent que no val la pena, de debò! Us mereixeu algú millor!

Liia
ex
Fa una setmana el meu ex em va tornar a parlar i vaig acceptar de quedar amb ell. Una cosa porta a l'altra i ens vam acabar liant. El que jo no sabia era que ell en aquells moments tenia nòvia i li va fotre els cuernos amb mi!

April
fuuua
Crec que el meu nòvio m'està fotent les banyes amb la seva ex... De fet he rebut un whatsapp d'ella dient-me que a les últimes convivències s'havia liat amb ell, però el meu nòvio em jura que no és veritat... Ja no sé què creure'm!

Noianònim
xyxyxyxyxy
Sóc un noi de 15 anys i ara mateix estic sortint amb una noia que m'ha posat les banyes 3 vegades. El problema és que me l'estimo molt i la perdono sempre, perquè no la vull perdre. Sóc molt gelós i li agafo el mòbil de tant en tant per mirar qui li escriu whatsapps... Ja sé que això està malament, però no podria suportar que em tornés a fallar.

Anónimaaaplis
S.O.S
Li he fotut les banyes al meu nòvio amb el seu millor amic… Ajuda! Què he de fer? Em sap súper greu i desitjaria no haver-ho fet, però ara és massa tard. Cada cop que els veig junts penso en la gran mentida en la que viu…

A l'Anònima:
Per la de dalt
Jo de tu els proposaria de fer un trio! HAHAHA Fora conyes… Jo crec que la sinceritat per davant de tot… Si li has posat les banyes és perquè la vostra relació ja no anava massa bé. A més, si és el seu millor amic tard o d'hora se n'adonarà i encara serà pitjor… Vaja, és el meu consell…

TEST: Quin és el teu tipus de noi ideal?

Per quin tipus de tio et cau la bava? Com creus que serà l'home de la teva vida? Com vols que sigui l'home amb qui comparteixis la resta de la teva vida? Fes el TEST i tindràs unes bones pistes per seguir-lo buscant (si no l'has trobat ja!).

1. El que més m'agrada d'ell és...

a) La seva manera de ser
b) El seu físic
c) Tant el físic com la personalitat

2. Jo vull anar al cine i ell quedar-se a casa... on acabem?

a) Al cine
b) A casa
c) Avui a casa però demà em convidarà al cine

3. Un dels teus principals defectes és...

a) La inseguretat
b) Ets una «mandona»
c) Ets superimpulsiva

4. A la vostra primera cita...

a) Et fixes en com és de guapo... bufff
b) Et centres a estar bé i a passar-ho el millor possible amb ell...
c) Tens por de cagar-la i que no quedi més amb tu

5. Les teves amigues el consideren...

a) Un «malote»... Et farà mal, segur
b) Un súper bon noi
c) Esteu fets l'un per l'altre

6. T'agraden...

a) Les emocions fortes
b) La calma i la tranquil·litat
c) Viure el moment i aprofitar-lo

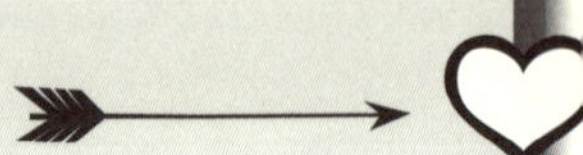

PUNTUACIÓ

1) a=5	b=15	c=10		**4)** a=15	b=10	c=5
2) a=5	b=15	c=10		**5)** a=15	b=5	c=10
3) a=15	b=5	c=10		**6)** a=15	b=5	c=10

RESULTATS

30-45 punts: Et van els bons nois, els que saps que t'estimen, els més romàntics i apassionats. Vols una persona amb qui poder parlar-ho tot i confiar en ell. Busques una persona centrada que et doni protecció i seguretat.

50-65 punts: Bons nois... sí... però amb un punt de picant! Ni «sossaines» ni trencadors de cors. Busques un noi que t'estimi, però a la vegada vols viure aventures i noves experiències amb ell. Perquè una cosa es pot compaginar amb l'altra i tu ho tens ben clar.

70-90 punts: Com et compliques la vida! T'agraden els nois que més passen de tu, els més «malotes» de l'insti i els que més maldecaps et donaran. No et faltarà distracció! Però vigila perquè el teu cor et donarà més d'una sotragada!

COMENTARIS

Jujjjuu
anònnimaCAT
Doncs sí que és ben vritat que sempre m'he sentit més atreta pels nois... diguem-ne... malotes! Els trossets de pa són superavorrits... tira, tira.

+15 -3

JCH
La clavaa
40!! Està clar, no es pot comparar un noi amable, carinyós i respectuós amb un xulito d'aquests que tant abunden avui en dia... Nois amb sentiments al poder!!

+9 -5

i TEST: Confies en ell/a?

*Vols saber si confies al 100% en una persona? Descobreix el grau de confiança que hi tens fent aquest test d'*Adolescents.cat*!*

1. Aquesta tarda heu quedat, tot va de guais fins que ell/a et truca i et diu que li ha sortit un imprevist...

a) Si ell/a ho diu jo m'ho crec
b) Li dic que no passa res però tinc curiositat de saber què li passa
c) Crec que m'està posant una excusa per no quedar amb mi... alguna cosa millor a fer...

2. Te n'assabentes que mentre ell és de colònies s'ha liat amb una altra.

a) Et poses feta una «fiera» i no en vols saber res més d'ell/a
b) No m'ho crec, segur que és una broma...
c) Parlo amb ell/a per saber la veritat

3. La meva parella em diu que una ex li ha dit d'anar a fer un cafè...

a) Confio plenament en ell/a. No farà res
b) No em fa gaire gràcia que hi vagi, però tot i així ja és grandet per decidir què vol...
c) Li demano que no hi vagi...

4. Hi ha un noi/a amb qui últimament parla molt per Whatsapp...

a) Són amics i prou!
b) Li agafo el mòbil per mirar què li diu...
c) T'inquieta pensar que està tontejant amb algú però no li dius res...

5. M'ha passat una situació familiar força greu i em demanen que no ho expliqui...

a) Amb ell/a faig una excepció... Confio al 100% en ell/a
b) Tot i que hi confio, la meva family m'han demanat que no digui res...
c) Són coses meves... No n'ha de fer res!

XOXO

6. Realment confio més en les meves amigues i amics que en ell/a?

a) Sí b) No

PUNTUACIÓ

1)	a=15	b=10	c=5	**4)**	a=15	b=5	c=10
2)	a=5	b=15	c=10	**5)**	a=15	b=10	c=5
3)	a=15	b=10	c=5	**6)**	a=5	b=15	

RESULTATS

30-45 punts: Confies poc en ell/a. No acabes de deixar-te anar i creus que no cal explicar-li absolutament tot. La por de perdre'l fa que de vegades pensis que ell/a et fallarà... Potser per això agafes una mica de distància en la relació.

50-65 punts: Et trobes en l'estat «normal» de confiança. Confies en ell/a però també tens els teus secretets... Saps que no cal explicar-li absolutament tot. Sou persones diferents unides per una mateixa causa: el vostre amor.

70-90 punts: Confies el 100% en ell/a. Posaries la mà al foc que no farà res per fer-te mal. Està molt bé tenir aquesta confiança però cal que sigui mútua... si no, et pots emportar més d'un xasco!

COMENTARIS

GeeorgeNº1

Pppf...

Jo no sóc ningú per manar res, però recomanaria que qui hagi tret menys d'un 50% en aquest test es comenci a plantejar la seva situació perquè, personalment, crec que la confiança en una relació ho és pràcticament tot... i, per molta atracció, estimació o respecte que hi hagi, si la parella no confia un en l'altre la cosa no tira. Ho dic per experiència... :(

+15 -2

Indiian8

***

Totalment d'acord amb en George... El problema de la confiança és que és moolt difícil d'aconseguir, i la pots perdre en un segon! :/ Per això s'ha d'anar molt amb compte amb les persones que ens importen...

+5 -1

TEST: Saps estar sol/a?

Hi ha molta gent que és incapaç de fer res sense companyia d'algú. Ets d'aquests tipus de persones? Saps estar sol/a? Fes aquest test i descobreix com ets!

1. Tens parella actualment?

a) Sí
b) No

2. Com s'està millor?

a) Solter
b) En parella
c) Depenent de la situació

3. Ets dels que portes la parella a tot arreu?

a) Sí
b) No

4. Necessites sempre estar amb algú?

a) Sí
b) No

5. Alguna vegada has sortit tu sol/a de compres, al cine o a passejar?

a) Sí, però no m'agrada
b) Sí, m'agrada
c) No... s'està millor acompanyat!

6. T'agrada quedar-te sol/a a casa?

a) Sí
b) No
c) Depenent de la situació

LOVE

PUNTUACIÓ

1)	a=15	b=5		**4)**	a=15	b=5	
2)	a=5	b=15	c=10	**5)**	a=10	b=5	c=15
3)	a=15	b=5		**6)**	a=5	b=15	c=10

RESULTATS

30-45 punts: Et sents bé amb tu mateix/a i no tens problemes ni complexos quan no estàs amb algú. Això demostra que la teva autoestima està on fire!!!

50-65 punts: T'agrada la companyia però també gaudeixes de les teves estones d'estar sol/a. No t'importa tenir estones amb tu mateix/a per pensar i reflexionar i això està superbé.

70-90 punts: No et mola gens anar sol per la vida... Per a tu la teva vida ideal seria sempre en parella!!! Cal que aprenguis a estar bé amb tu mateix. Estar sol t'ajudarà en molts moments de la teva existència.

COMENTARIS

._.
olak6
45!! Està bé saber estar sol ara i gaudir d'un mateix sense necessitat d'una altra persona... Ja ens arribarà l'època de casar-nos i passar tota la vida junt amb algú! I l'acabarem avorrint... jajjaj

+9 -3

No toques
¿Por qué tocas?
Alaaaa 85!! La veritat és que he tingut parella des dels 12 anys, més o menos sèrio però sempre m'ha agradat passejar-me amb algú de la mà!
Jajaja ^^

+27 -3

TEST: Quin és el teu estil de lligar?

*Ets un capità Pescanova? O un cranc ermità? No et menges un rosco? O t'empatxes a rosquilles? Descobreix quin és el teu estil de lligar fent aquest test d'*Adolescents.cat*!*

1. Trobes un noi/a superpivón i tens ganes que us conegueu... què fas?

a) Li demanes sense dubtar-ho el seu facebook o li dónes el teu whatsapp
b) Et fa molta vergonya... Si vol alguna cosa, ja vindrà ell/a...
c) T'hi acostes a xerrar amb el teu grup d'amics/es com aquell qui no vol

2. Què diuen de tu les teves amigues o amics?

a) Que ets una mosqueta morta... Et fa massa vergonya fer el primer pas
b) Que ets una persona superllançada!
c) Que et defenses com pots, com tothom...

I ♥ U

3. T'atreveixes a fer el primer pas?

a) Sí
b) No

4. Quan surto de festa...

a) Ballo amb tots els tios/es que puc...
b) Em quedo en un racó esperant que em treguin a ballar... No m'agrada gaire sortir...
c) Ballo amb les amigues/amics i si algú em diu de ballar no li faig un lleig

5. El noi/a que t'agrada seu al teu costat...

a) Bfff! M'ho passo malament i tot!
b) Intento ser simpàtic/a amb ell/a i fer-me amic/a d'ell/a
c) Cada dia vaig a l'insti el més pivón/a possible!

6. Un noi/a et mira de manera descarada...

a) Et fa tanta vergonya que et gires...
b) Ho comentes amb els teus amics/es
c) Li fas un somriure radiant i li dediques una miradeta

PUNTUACIÓ

1)	a=15	b=5	c=10	**4)**	a=15	b=5	c=10
2)	a=5	b=15	c=10	**5)**	a=5	b=10	c=15
3)	a=15	b=5		**6)**	a=5	b=10	c=15

RESULTATS

30-45 punts: Tens tanta vergonya que a l'hora de la veritat amagues el cap sota l'ala! Sigues valent/a i encara't a les teves pors... Supera la teva timidesa i llança't a la piscina (però assegura't que estigui mig plena, eh?).

50-65 punts: Et defenses com pots. No ets qui més pilla però tampoc et menges els mocs! T'espaviles quan t'interessa de debò i treus la part més sexy de dintre teu per conquistar el cor que més t'agrada.

70-90 punts: Miss/Mister tira canyes!! No et fa por un no per resposta. Ets una persona atrevida i orgullosa de si mateixa! T'encanta passar-t'ho bé i arrambar la cebeta... com t'agrada, eh?? ;)

COMENTARIS

Joojojoj
^^
Miss tira canyes diu... jajjaj A ver, no és que sigui orgullosa de mi mateixa, sinó que considero que sóc jove i que és ara quan he de fer-ho, no amb quaranta anys!! :D

+5 -1

1234
...
Apaaa el peixet com les tira... jajajaj molt bona! No perquè siguem joves ens hem de desmadrar d'aquesta manera... Però cadascú que faci el que li sembli convenient, està clar :)

+12 -0

TEST: Estàs preparat/da per fer el primer pas?

T'has enxoxat molt d'una persona i no saps si dir-l'hi o no per no cagar-la? Et preocupa pensar que la pots perdre per sempre i no estàs disposat/a a hipotecar la relació que teniu ara mateix? Descobreix si estàs preparat o no per fer el primer pas!

1. Quan fa que el/la coneixes?

a) Menys d'1 mes
b) Entre 1 mes i 6 mesos
c) Més de 6 mesos

2. Heu parlat mai de què passaria si fóssiu parella?

a) Sí
b) No

3. T'ha dit mai que et prefereix com a amic/ga?

a) Sí
b) No

4. Heu fet alguna activitat conjunta tots 2 sols?

a) Sí
b) No

5. Quedes més amb ell/a que amb la resta dels teus amics?

a) Sí
b) No

6. La gent que no us coneix es pensa que sou nòvios?

a) Sí
b) No

PUNTUACIÓ

1) a=5	b=15	c=10
2) a=15	b=5	
3) a=5	b=15	
4) a=15	b=5	
5) a=15	b=5	
6) a=15	b=5	

RESULTATS

30-45 punts: La vostra relació no suportaria que un dels dos s'enamorés de l'altre. Ell/a no sent el mateix que tu sents per ell/a i per tant de moment cal ser prudent i pacient.

50-65 punts: Esteu en un punt de la relació en què és força complicat saber si cal fer o no el primer pas. Et recomanem que facis el que sentis i el temps dirà què és el que el destí us ha preparat a tots dos. Tot i així cal que no et precipitis i no et llancis al buit.

70-90 punts: Estàs superenxoxat/a i més que preparat/a per llançar-te als seus braços. Per molt que et tiris de cap a la piscina no pateixis! Hi ha aigua a dintre i no t'ofegaràs!! No cal que esperis que ell/a faci el primer pas. La vostra relació promet!!

COMENTARIS

>.<

mmm

Si fos tan fàcil com fer un test i segons el resultat que et dongui prendre una decisió o una altra... Però vaja, que definitivament estic enxoxada, que dieu vosaltres, a més no poder jajaja ^^

+9 -3

auryneera

<333

Uff no sé... crec que està bastant clar que tenim alguna cosa però jo no penso fer cap pas!! Això és cosa de nois... així que ja estàs espavilant eeh... :SS

+23 -12

TEST: Ets un/a noi/a fàcil?

Ets una persona predisposada a conèixer gent nova i passar-ho bé? O en canvi ets reservat/a i ho poses molt difícil per ser conquistat/a? Fes el test i descobreix si ets fàcil o no de conquistar!

1. Et fixes molt en el físic de la gent?

a) El normal... com tothom...
b) Sí, em sembla important per poder sortir amb algú
c) No. L'important és l'interior.

2. T'agrada que et tirin els trastos?

a) Ufff, no... em poso molt nerviós/a...
b) M'encanta! Em fa il·lusió que es fixin en mi
c) Depèn de qui me'ls tiri...

3. T'ha fet gràcia més d'una persona a la vegada?

a) Sí
b) No

4. Et diverteix tontejar?

a) Sí, molt... és el millor de conèixer gent
b) No. M'ho passo malament i no em surten les paraules
c) En algunes ocasions

5. Un noi/a et ve i et demana per ballar amb ell/a. Què faig?

a) Accepto encantada
b) Depèn de qui sigui li dic una cosa o una altra
c) No.. no.. no... li dic que no

6. Un noi/a et mira... i està força bé...

a) Li tornes la mirada i esperes la seva reacció
b) T'acostes a ell i li dius qualsevol cosa
c) Esperes que sigui ell/a qui et vingui a buscar
c) Són coses meves... No n'ha de fer res!

PUNTUACIÓ

1)	a=10	b=15	c=5	**4)**	a=15	b=5	c=10
2)	a=5	b=15	c=10	**5)**	a=15	b=10	c=5
3)	a=5	b=15		**6)**	a=10	b=15	c=5

RESULTATS

30-45 punts: Els teus pretendents ho tenen força xungo per conquistar-te!! Ets dels que esperes que et vinguin abans de fer el primer pas. T'agrada anar a poc a poc i fer les coses ben fetes. Ja arribarà el dia en què trobis algú que t'estimi de debò!!

50-65 punts: Ni fàcil ni extremadament inconquistable. Depèn del moment, de la persona, de la determinada situació a la teva vida... estàs més o menys disposat/da a considerar aquella persona. De vegades t'agrada conèixer gent nova simplement per conèixer-la i d'altres et sents sol/a i t'agradaria tenir el noi/a de la teva vida al costat per sempre.

70- 90 punts: T'encanta lligar i això se't nota!!! Ets tot/a un/a triomfador/a!! Si algun noi o noia se t'acosta no tens cap problema per parlar amb ell/a. Aquesta actitud oberta et portarà a conèixer molta gent interessant al llarg de la teva vida. Però vigila amb les males llengües!! Les enveges poden ser molt dolentes.

COMENTARIS

Difficult Or Easy?

_

60!! I molt d'acord amb el resultat. No crec que sigui tan fàcil definir si una persona és fàcil o difícil... depèn de l'altra persona, de la situació... potser amb un noi et costa decidir-te però amb un altre ho tens claríssim! I no per això significa que siguis una noia fàcil... suposo que ja m'heu entès, jajaj pettoons :D

+25 **-2**

Nuriiss <3

bla bla bla

Doncs la veritat és que jo sóc ben tímida, en aquest aspecte. Si em demana per ballar algun noi, em poso vermella com un tomàquet i me'n vaig corrent... 35 punts...

+8 **-8**

TEST: Et preocupa el teu físic?

Fins a quin punt creus que és important cuidar l'aspecte de les persones? Ets esclau de la teva imatge? Fes el test i descobreix fins a quin punt t'importa la teva bellesa més exterior!

1. Acabes de conèixer un noi/a. En què et fixès?

a) En la seva manera de ser. La bellesa és a l'interior
b) En el físic... Mare meva, com està!! Grrr
c) En com és físicament però també en la seva personalitat

2. Quan passo per davant d'un mirall...

a) M'hi miro, però és sense voler!!
b) Ni m'hi fixo, la veritat!
c) Evito mirar-m'hi.

3. A la mínima que m'apareix un granet a la cara...

a) L'ignoro. És el millor perquè es curi!
b) Noooooo!! Me l'he de tapar com sigui!!
c) Me'l burxo una mica, però desisteixo al veure que em queda pitjor...

4. T'obsessionen els teus defectes?

a) Sí, molt...
b) De vegades, però no els hi dono gaire importància
c) Què va! Cadascú és com és. Hi ha coses més importants per les quals preocupar-se...

5. Has comparat mai el teu cos amb el dels teus amics?

a) Sí, sempre
b) Alguna vegada
c) No. Jo sóc com sóc i punt!

6. El meu futur nòvio/a ha de ser...

a) Perfecte, com en els meus somnis!
b) Una persona que m'estimi i m'entengui tal com sóc
c) Algú en qui pugui confiar i amb qui pugui ser feliç

PUNTUACIÓ

1)	a=5	b=15	c=10	**4)**	a=15	b=10	c=5
2)	a=15	b=10	c=5	**5)**	a=15	b=10	c=5
3)	a=5	b=15	c=10	**6)**	a=15	b=5	c=10

RESULTATS

30-45 punts: Et sents a gust amb el teu cos i no et preocupa el físic. Penses que la bellesa de les coses es troba a l'interior i saps valorar tot el que tens. Segueix així i realment et sentiràs bé amb tu mateix.

50-65 punts: El físic et preocupa però sense arribar al punt d'obsessionar-te. Preocupar-se una mica per l'aspecte està bé, però vigila perquè pensar massa en la carcassa et pot fer oblidar que l'interior també importa!

70-90 punts: EP!! T'importa tant el físic que de vegades obvies coses que són molt més importants que això... Aquest camí et pot portar problemes. Tingues seny i pensa que la bellesa tal com molts l'entenen és relativa. Tothom és guapo/a a la seva manera! ;)

COMENTARIS

Juulyy

^^

És trist però a l'etapa de l'adolescència (normalment) el físic està mil cops més valorat que l'interior! Així que no tenim altre remei que preocupar-nos per la nostra aparença...

+16 -12

Nijii

0.0

Upps... 70... la veritat és que porto una temporada una mica obsessionada amb aquest tema, però no m'esperava una puntuació tan alta!! No sé, en realitat no m'agrada haver d'estar sempre procurant estar perfecta, però és que, si no, no estàs ben vist per la societat tal tal... D:

+3 -0

i TEST: Tens complexos?

T'agrada el teu cos o el canviaries pel de la primera model que surt a una revista? Et sents orgullós de tu mateix o tens problemes d'autoestima? Descobreix si tens complexos i les possibles solucions per enfrontar-t'hi!

1. Ets a la dutxa dels vestuaris de l'insti en pilota picada

a) M'intento tapar tant com puc...
b) Realment me la pela molt que em vegin...
c) Mires dissimuladament al teu costat per veure si està més bo o bona que tu

2. Les teves amigues o amics et diuen d'anar a una cala nudista

a) Tu no et despulles... Ho tens molt clar!
b) Per què no? Tots som humans i tenim el mateix!
c) Com a molt fas topless

3. Quan em miro al mirall...

a) Veig totes les imperfeccions que tinc... :(
b) Penso: que bo o bona que estic!
c) Miro d'arreglar-me per estar pivón/a!

4. Em vesteixo...

a) Amb roba còmoda per anar bé allà on vagi
b) Amb roba sexy!! ;)
c) Amb roba ampla i fosca per dissimular els defectes

5. Quan veus un tio/a pivón....

a) El/la mires amb enveja! Tu vols estar així!
b) Admiració. Penses: buah, que bo/bona que està!
c) Indiferència. Cadascú és com és

6. Et sents bé amb el teu cos?

a) Sí, molt

b) No, la veritat és que no m'agrada

c) Depèn de quina zona, sí...

PUNTUACIÓ

1)	a=15	b=5	c=10
2)	a=15	b=5	c=10
3)	a=15	b=5	c=10
4)	a=5	b=10	c=15
5)	a=15	b=5	c=10
6)	a=5	b=15	c=10

RESULTATS

30-45 punts: Et sents bé amb el teu cos i amb la teva manera de ser. No et preocupa el que pensin els altres de tu. Creus simplement que cadascú és com és i no cal anar buscant els defectes de ningú. Aquest pensament tan positiu sobre tu mateix t'ajudarà a créixer com a persona.

50-65 punts: Tens alguns complexos. T'agraden algunes coses del teu cos però d'altres t'agradaria canviar-les. Pensa en com potenciar aquests trets positius que t'afavoreixen i intenta obviar els que no t'agraden. Ningú és perfecte i has d'aprendre a estimar-te tal com ets.

70-90 punts: T'estàs comparant constantment amb els altres i tens un problema força gros. T'agraden ben poques coses de tu i mai valores les coses positives que tens. Et recomanem fer un exercici d'autoestima i escriure en un paper totes les coses bones que tens. Potser al principi et costarà, però després veuràs que la llista és molt i molt llarga!!!

COMENTARIS

naonvope
baifbeoa
75. Jopee, tio, tinc l'autoestima pel terra :C
+1 -12

INDIFERÈNCIA
jsdofe
Jo crec que tots tenim els nostres complexos. Però a mi tant em fa el que diguin els altres. Jo estic contenta per poder respirar, mirar, cantar... :)
+29 -3

TEST: Ets presumit/da?

*Et passaries hores i hores davant del mirall o ets dels que ni es mira per no trencar-lo? Com n'ets de presumit? Descobreix la teva manera de ser i fes aquest test d'*Adolescents.cat*!*

1. Abans de sortir de casa...
   a) Imprescindible mirar-me al mirall!
   b) Faig pipí per si de cas...
   c) Demano pasta als papis

2. Tens una cita d'aquí 5 minuts i notes que fas pudor de suat...
   a) Si és el noi/a de la teva vida no li importarà!
   b) Vas a una perfumeria ràpidament i et ruixes amb colònia
   c) No passa res! Sempre portes colònia a sobre per si de cas i desodorant també si cal!

3. Quan trigues a arreglar-te?
   a) Menys de 5 minuts
   b) Entre 15 i 20 minuts
   c) M'hi puc passar hores i hores!

4. Mai sortiria de casa...
   a) Sense anar vestit/da amb roba còmoda!
   b) Sense anar ben conjuntat/da
   c) Sense anar impecable! M'encanta sentir-me pivón/a!

5. T'arregles més els caps de setmana que de dilluns a divendres?
   a) Sí, tinc més temps
   b) Més o menys igual
   c) No, a l'insti hi ha el tio/a que em mola

PUNTUACIÓ

1)	a=15	b=5	c=10
2)	a=5	b=10	c=15
3)	a=5	b=10	c=15
4)	a=5	b=10	c=15
5)	a=15	b=5	c=10

RESULTATS

25-40 punts: Trobes que és una txuminada malgastar el teu temps per mirar-te al mirall. Tu ets com ets i punt. El maquillatge no és el teu fort. Si ets noi no t'agrada que les noies es pintin massa. Si ets noia com a moooolt, mooolt, mooolt, algun dia t'has fet la ratlla dels ulls o t'has posat crema de cacau.

45-60 punts: Ets presumit/da però no fins al punt de xocar contra un fanal perquè t'estaves mirant el teu propi reflex a un aparador. T'agrada que els altres t'admirin, però tot i així hi ha dies que pots anar més desarreglat/a i no passa absolutament res.

65-75 punts: Ets més presumida que la rateta que escombrava l'escaleta i la Hello Kitty juntes i fusionades! Necessites constantment preguntar-li al mirall, mirallet, qui és el/la més guapo/a d'aquest indret! Quan surts de festa i algú t'espera sota de casa teva abans no baixis li poden sortir arrels i tot... Això sí! Quan surts de casa tothom es queda amb la boca oberta!

COMENTARIS

:)
wertffdfg
20! Només m'arreglo quan vaig de festa, als cumples dels amics, i quan haig de sortir a algun lloc important, els altres dies vaig amb lo primer que pilli i sense maquillatge.

+16 **-12**

FD
otta
Cert, un 25, gens presumida. Lo màxim de maquillatge que m'he posat ha sigut crema de cacau!! jajaj odio el maquillatge. Ensenyes a la gent una cosa que no ets, és com si et posessis una màscara, o et posessis amb la cara d'algú altre. Jo el maquillatge trobo que és una gran XORRADA!

+3 **-0**

TEST: El meu amor serà per sempre?

Estàs enamorat i vols saber si la persona en qui penses serà l'home o la dona de la teva vida? Fes el test i descobreix fins a quin punt arribareu!

1. Quan estem junts parlem sempre de plans de futur?

a) Sí, ens encanta imaginar-nos com serem d'aquí a un temps
b) No, encara és massa d'hora per fer-ho...
c) De vegades...

2. Què sento per la persona que m'agrada?

a) Simplement m'agrada...
b) És molt més que atracció, és la persona amb qui vull passar la meva vida
c) Em posa moooolt!

3. Li has presentat la teva family?

a) Noooo... quina vergonya!
b) Sí que ho he fet
c) Tinc pensat fer-ho més endavant

4. Quan estic malament...

a) Em pregunta què em passa
b) M'ajuda i em recolza en tot el que fa falta
c) No se separa del meu costat, m'estima molt!

5. Ho heu deixat alguna vegada?

a) Sí
b) No

6. Porteu junts gaire temps?

a) No estem sortint encara / Menys de 2 mesos
b) Menys d'un any
c) Més d'un any

PUNTUACIÓ

1) a=15	b=5	c=10		**4)** a=5	b=10	c=15
2) a=10	b=15	c=5		**5)** a=5	b=15	
3) a=5	b=15	c=10		**6)** a=5	b=10	c=15

RESULTATS

30-45 punts: Les relacions no només s'alimenten d'il·lusió. Cal que tingueu un objectiu comú i que tots dos camineu pel mateix camí. Serà millor que no et facis gaires expectatives per no fer-te mal.

50-65 punts: Estaràs amb ell més temps del que penses. Tot i així per estar amb una persona cal tenir plans de futur, pensar en coses que voleu fer junts i compartir experiències i vivències plegats.

70-90 punts: És molt possible que ell/a sigui la teva mitja taronja. Hauràs de cuidar molt la teva relació perquè no es trenquin els vincles forts que teniu l'un amb l'altre. Estima'l i deixa't estimar.

COMENTARIS

Heeey
:):)
Jo porto 9 mesos amb el meu nòvio i la veritat és que estem molt bé, però estic segura que algun dia això s'acabarà, en sóc totalment conscient, i això no significa que s'acabi el món, ni molt menys, sinó que segur que arribaran noves experiències... És més, no vull estar tota la vida amb el mateix nòvio, que avorrit!!

+19 -15

Eje, eje
donsbuenuuu
Personalment tampoc no crec que sigui gaire recomanable, estar tota la vida amb la mateixa parella des de l'adolescència... Una companya de classe de la meva mare va començar a sortir amb un noi als 14 anys, es van casar, van tenir dos fills i quan ja portaven gairebé vint anys junts, es van avorrir un de l'altre i au! :/ és complicat...

+5 -12

TEST: T'has enamorat de la persona equivocada?

Vols saber si estàs enxoxat de la persona que no toca? Tens dubtes de si la relació que t'agradaria tenir amb aquella persona arribarà a bon port? Fes aquest TEST i comprova si t'has enamorat de la persona equivocada!

1. La meva relació amb ell/a...
a) És pràcticament nul·la
b) De vegades parlem una estona...
c) Ens portem superbé!

2. Si jo deixo de parlar-li...
a) Tot continua quasi igual...
b) És ell/a qui s'apropa a mi
c) No puc deixar de parlar amb ell/a... és inevitable!

3. Què et diuen els teus amics d'ell/a?
a) Que és un amor impossible i no em convé
b) Creuen que va darrere meu però té vergonya d'acostar-se
c) Ens diuen que seríem la parella ideal

4. Has estat mai més de 30 minuts a soles amb ell/a?
a) Sí b) No

5. Quin percentatge de possibilitats creus realment que tens d'aconseguir-lo/la?
a) Entre 25% i 50%
b) Entre 50% i 75%
c) Entre 75% i 100%

6. Quina visió té ell/a de tu?
a) Et troba una persona supersimpàtica i atractiva
b) Us coneixeu menys del que voldries...
c) No tens ni idea del que pensa de tu...

PUNTUACIÓ

1)	a=5	b=10	c=15	**4)**	a=15	b=5	
2)	a=10	b=15	c=5	**5)**	a=5	b=10	c=15
3)	a=5	b=10	c=15	**6)**	a=15	b=5	c=10

RESULTATS

30-45 punts: Estàs superenxoxat de la persona equivocada. Com més aviat te la treguis del cap més oportunitats tindràs de conèixer gent que et farà tornar a somriure! Pensa més en tu mateix i valora't per saber si algú et convé.

50-65 punts: No saps si ell/a és la persona adequada però apostes perquè la relació tiri endavant. Fixa't en aquells petits detalls que et mostraran si la persona et convé o no. Segueix el teu cor però també el teu cap.

70-90 punts: Creus realment que la relació amb aquesta persona anirà a bon port. Confia més en tu i lluita pel que vols. Si no ho aconsegueixes almenys ho hauràs intentat. Tens molts números per sortir-te amb la teva.

COMENTARIS

Laioonaa

IN,INDE II*II

Paaaam 50. És ben veritat que amb aquest noi estic més confosa que... mm... vaja, ara no se m'acut cap comparació, però en definitiva, que estic molt confosa! Què vols de miiii? Què t'he fet jooo?? D: D:

+7 -0

Calibri58

nooniima

A veuree... jo no crec que hi hagi persones equivocades! El que passa és que potser una persona costa menys de conquistar que una altra, o es tenen més o menys coses en comú... Però per molt diferent de tu que sigui, o distant que es mostri, quien la sigue la consigue!! Àniimss, adolescents <33

+15 -2

i TEST: Penses amb el cap o amb el cor?

*Ets una persona romàntica i sentimental o bé freda i racional? Si vols descobrir quin dels dos òrgans fas servir quan penses fes aquest test d'*Adolescents.cat*!*

1. Ets capaç de fer qualsevol cosa per amor?

a) Sí, qualsevol
b) No, depèn de quines coses no les faria...
c) Depèn de la situació i de la persona

2. El noi que t'agrada t'ha fet molt de mal...

a) No li tornes a dirigir la paraula... No et convé
b) Li dónes una segona oportunitat sense pensar-t'ho...
c) Penso que no em convé i valoro què fer

3. Has fet alguna bogeria amb la persona que t'agrada?

a) Sí... moltes
b) No, però m'agradaria fer-la...
c) No ni la faré...

4. La teva millor amiga se'n va a estudiar a l'estranger...

a) Fas qualsevol cosa perquè es quedi amb tu...
b) És el millor per a ella..., estic content/a...
c) La trobaré molt a faltar i intentaré tenir contacte amb ella

5. Quin adjectiu s'adiu més amb tu?

a) Somniador/a
b) Racional
c) Divertit/da

6. A l'hora de prendre una decisió tinc en compte...

a) Els meus sentiments
b) Els fets objectius
c) Les dues coses

PUNTUACIÓ

1) a=15	b=5	c=10		**4)** a=15	b=5	c=10
2) a=5	b=10	c=15		**5)** a=15	b=5	c=10
3) a=15	b=10	c=5		**6)** a=15	b=5	c=10

RESULTATS

30-45 punts: Penses amb el cap! Ets una persona totalment racional. Saps deixar de banda els teus sentiments quan has de prendre decisions. En determinades ocasions és ideal però un punt d'humanitat i de romanticisme no t'aniria gens malament.

50-65 punts: Penses tant amb el cap com amb el cor. Saps separar la raó de la rauxa i això està molt bé. Ets l'equilibri desitjat per molts.

70-90 punts: Penses amb el cor! Ets una persona molt emocional i tens en compte els teus sentiments a l'hora d'actuar. Vigila, de vegades pots prendre decisions precipitades i impulsives, cal que tinguis en compte el teu cap i mantinguis certa distància en determinades ocasions.

COMENTARIS

Xurruus amb xocolata
Nyyamm! :D
85 :OOO La veritat és que sempre m'ho han dit, que sóc molt sentimental, però no m'havia imaginat que tant!! Però... mm... això és bo o dolent? :/

+3 -3

Per la de dalt
La meva opinió
Per la dels xurros amb xocolata que ha preguntat si pensar amb el cor és bo o dolent!! Bueno, jo no sóc cap professional ni res, simplement et donaré la meva opinió i és que jo també sóc molt així i he tret la mateixa puntuació que tu... Jo crec que ni una cosa ni l'altra és bona o dolenta. Simplement és diferent. Però pensant amb el cor sempre som molt més sincers que pensant amb el cap... Perquè decidim segons el que sentim i no segons el que ens convé o ens interessa. O això crec :)

+26 -3

TEST: Et deixes portar pels altres?

Els teus amics t'influeixen massa? Saps dir que no als qui més estimes? Et deixes portar pel que volen i el que fan els teus amics? Descobreix si ets una persona influenciable!

1. La teva millor amiga et diu que la roba que portes no et queda bé...

a) No me la canvio pas
b) Ho tindré present i no me la posaré més
c) Vaig a casa a canviar-me o li demano que em deixi roba

2. Un dels teus amics comença a fumar i t'ofereix tabac

a) Li dic que no gràcies i que ell tampoc hauria de fumar
b) Si ell ho fa tan dolent no deu ser...
c) Per provar tampoc passarà res...

3. Les teves amigues o amics han descobert una botiga molt xula

a) Hi vaig i em compro el mateix que tenen ells/es
b) Hi vaig a treure el cap, només per mirar què tenen
c) Tinc la meva pròpia personalitat i no vull ser un clon de les meves amigues

4. Et ve molt de gust anar a la platja i les teves amigues no hi volen anar...

a) Hi vas tu sol/a
b) Insisteixes fins que algú t'hi acompanyi
c) Si no hi va ningú ja hi aniràs un altre dia...

5. Una amiga et diu que escoltis el programa de ràdio de moda... que mola molt!

a) L'escoltes i si no t'agrada canvies
b) Buahh! M'encanta... tothom en parla a l'insti/uni
c) Només l'escoltes quan el tema et sembla interessant

PUNTUACIÓ

1)	a=5	b=10	c=15
2)	a=5	b=15	c=10
3)	a=15	b=10	c=5
4)	a=5	b=10	c=15
5)	a=5	b=15	c=10

RESULTATS

25-40 punts: Tens molt clara la teva pròpia personalitat i moral. Saps perfectament què et convé fer i què no. No et deixes influir per la resta i et saps negar a fer alguna cosa que no vols fer quan cal fer-ho.

45-60 punts: De vegades no saps com dir-li que no a un amic i tot i que t'inventis mil excuses et sap greu no tenir la mateixa voluntat. Som persones, cadascú és diferent i és molt normal que NO SEMPRE puguis estar al seu costat.

65-75 punts: Et deixes portar massa pel que et diuen els altres. Fas el que fa la resta i de vegades no penses en les conseqüències negatives de les teves decisions. Cal que tinguis la teva pròpia personalitat i les teves idees, si no, aquesta actitud et pot portar problemes.

COMENTARIS

:((
Avorrimentpowaa
Ostres, avui no és el meu dia eeh... Porto tot el matí morta de fàstic aquí tancada a casa, i quan per fi veig que publiqueu un test que pot ser divertit, em surt un 65 i em carden que no tinc personalitat :(Dwdwdwdw... vull ser un pingüí.

+13 -2

Make love
Don't fight
Buenoo a mi de vegades em deien que sempre em copiava tot el que feien els meus amics, que no tenia personalitat... I jo tampoc crec que fos així, simplement si estava de moda per exemple fer-se una dilata i tothom se'n feia, per què jo no podia?? Però m'ho feien passar bastant malament i vaig decidir canviar... I ara vaig súper a la meva i tant me fan els altres!! 30 punts al test :DD

+15 -7

TEST: Et vesteixes per a tu o per als altres?

T'importa massa com vas vestit? Penses que la roba et defineix com a persona? O bé te la pela força i et poses el primer que veus al teu armari? Descobreix si et vesteixes per a tu o pels altres fent aquest test.

1. Penses en la roba que et posaràs l'endemà?

a) Sí, sempre, me la deixo preparada i tot
b) Algunes vegades, si tinc un esdeveniment especial
c) Normalment pillo el primer que trobo

2. La teva millor amiga ha vingut vestida superestrafolària... què fas?

a) Ets sincera i li dius que la roba que porta no enganxa ni amb cola
b) Te la pela... cadascú va com vol...
c) Ho comentes amb les altres amigues o amics i no li dius res...

3. Penses que la roba...

a) És un element molt important per a les persones. Som el que vestim.
b) És supersuperficial... No hauríem de catalogar ningú per com va vestit
c) És important fins a cert punt... A veure, no pots anar a l'insti amb biquini!

4. La teva germana té roba que no vol...

a) Te la mires per si hi ha alguna cosa que et va bé i la que no vols la dónes
b) Ni te la mires, la seva roba és seva i jo no me la penso posar...
c) Penses que és millor reciclar-la i la portes al contenidor de roba

5. T'agradaria que algú escollís la roba per tu?

a) No, m'encanta fer combinacions i fer-me els meus propis conjunts

b) Em seria força igual... sempre que quedés bé amb la meva personalitat

c) Sí, m'encantaria, seria més fàcil i còmode

6. Et sents còmode portant la roba d'algú altre?

a) Si és de les meves amigues que vesteixen com jo, sí

b) No, jo tinc la meva pròpia personalitat

c) La veritat és que m'és força igual

PUNTUACIÓ

1)	a=15	b=10	c=5	**4)**	a=10	b=15	c=15
2)	a=15	b=5	c=10	**5)**	a=15	b=5	c=10
3)	a=15	b=5	c=10	**6)**	a=10	b=15	c=15

RESULTATS

30-45 punts: No t'importa gaire la teva manera de vestir ni tampoc la dels altres. No consideres que sigui el més important de les persones. Et vesteixes com vols sense preocupar-te gaire de l'estil. Anar a comprar roba tampoc t'apassiona gaire i penses en el vestir com una cosa funcional.

50-65 punts: T'agrada vestir al teu aire però tampoc ets una esclava o esclau de la moda. Consideres que cada situació té una manera de vestir i que cal anar adient al lloc on vas. Saps dosificar les teves compres de roba i també saps dir prou quan cal i ja tens suficients peces a l'armari.

70-90 punts: Ets una fashion victim. T'encanta tot allò relacionat amb la moda. Segur que tens l'armari ple de coses... fins i tot de peces que fa anys que no et poses i que no t'atreveixes a donar per si algun dia les vols portar. Per a tu l'estètica i la manera de vestir és molt important tot i que algú ja t'ha remarcat la superficialitat d'aquest fet. Et compraries tot allò que veus i t'encanta!

COMENTARIS

Loliiiita
1234
50 punts!! Doncs la clava molt eeh... perquè jo sempre dic que no m'agraden aquestes persones que viuen per lluir físic, que es compren tonelades de roba, que es gasten una pasta impressionant en marques, que no poden repetir jersei dues vegades en una setmana... Va, home, va!

+13 -2

Naaya =)
antesmuuertaquesencilla
Jo sóc de les del grup de puntuació més alta i no per això crec que sigui millor o pitjor que ningú! Simplement m'agrada vestir bé, preocupar-me per la roba que em poso o em deixo de posar, perquè, sobretot a la nostra edat, la impressió física és molt important... Tinc 85 punts i orgullosa d'ells!! :D

+13 -2

HenryGreener
seamaaid! :P
No he fet ni el test perquè sóc un noi i realment aquestes coses no van amb mi, però he llegit de què va i alguns comentaris i tela... Noies, la roba ha de mostrar la vostra personalitat; no les vostres tetes. Feu el favor de vestir segons el vostre estil i personalitat i no us deixeu influir!! :)

+15 -7

TEST: Ets una compradora compulsiva de roba?

Sabem que moltes de les noies que visiteu Adolescents.cat *sou unes fanàtiques de les compres i sobretot de la roba. És per això que us proposem aquest test per saber el grau d'addicció que teniu a l'hora d'anar a comprar roba.*

1. Cada quant temps et compres roba?

a) Una vegada al mes
b) Cada setmana
c) Gairebé cada dia

2. Quants pantalons tens a l'armari?

a) Més de 15
b) Menys de 5
c) Entre 5 i 15

3. Si passejant pel carrer veus un bolso que t'agrada te'l compres encara que no et faci falta?

a) No
b) Sí
c) Només a vegades, però no és el més habitual

4. Quina part de la setmanada o diners dels pares/avis/tiets dediques a comprar roba?

a) El 100%
b) Menys del 50%
c) Un 50%

5. Si t'agraden molt unes sabates i no tenen el teu número de peu, com et quedes?

a) Fatal, les necessito i em quedaven superbé! Vaig a una altra botiga!
b) Millor, així evito comprar-me-les, que no em feien falta

PUNTUACIÓ

1)	a=5	b=10	c=15
2)	a=15	b=5	c=10
3)	a=5	b=15	c=10
4)	a=15	b=5	c=10
5)	a=15	b=5	

RESULTATS

25-40 punts: No ets una compradora compulsiva ni molt menys! Saps que t'agrada comprar roba però controles els teus impulsos i només compres el que necessites, això fa que també et sàpigues administrar bé els diners.

45-60 punts: Et falta poc per convertir-te en una persona addicta a les compres, però no t'espantis! De moment encara et controles tot i que molts cops et deixes portar per la temptació de comprar coses que no et fan falta.

65-75 punts: Ets una compradora COMPULSIVA. Tot el que veus i t'agrada sents la necessitat de comprar-ho. Potser és el moment d'aturar-te a pensar i a reflexionar sobre la teva addicció. És necessari que aprenguis a controlar-te o pots arribar a tenir problemes greus.

COMENTARIS

Em dic anòniimmaa

Devritaaat jejjjeje

Què compulsiva ni compulsiva, si ma mare m'ha d'arrossegar perquè surti de casa i vagi a una botiga a comprar-me un simple jersei!! Busca'n un de més o menys mono, demana la talla, emprova-t'ho, no et va bé, surt en boles a demanar una altra talla, un altre client s'equivoca i entra al teu vestidor amb tu a dins, et mors de vergonya, et porten l'altre jersei, no et convenç, el deixes per allà sobre, les dependentes et miren malament... No és terrible? ho odio... :((

+3 -3

i TEST: Ets vergonyós/a?

*Vols saber si ets una persona molt, poc o no gaire vergonyosa? Fes aquest test d'*Adolescents.cat *i mesura el teu grau de vergonya!*

1. Et presenten un noi/a nou... Què fas?

a) No et costa gens començar a parlar amb ell/a
b) Al principi et costa una mica, però una vegada trencat el gel, NO PROBLEM!
c) Espero que sigui ell/a qui em digui coses... quina vergonya!

2. Als vestuaris d'Educació Física...

a) No tinc cap problema a canviar-me davant de les meves amigues
b) Em fa vergonya que em vegin tot/a despullat/da
c) No tinc cap vergonya, fins i tot davant de gent que no conec

3. Si et tiren un «piropo» sobre una part del teu cos...

a) L'ensenyo encara més i n'estic orgullós/a
b) Em quedo igual...
c) Em poso vermell/a... quina vergonya!

4. Et mires als aparadors i als miralls?

a) Sí b) No c) De vegades...

5. Et sents incòmode quan algú que t'estimes et mira i vas despullat/da?

a) Sí b) No

6. Quan portes roba sexy....

a) Buff... em sento fatal! Tothom em mira!
b) M'agrada, em sento bé
c) Depèn del context no m'agrada

PUNTUACIÓ

1)	a=5	b=10	c=15
2)	a=10	b=15	c=5
3)	a=5	b=10	c=15
4)	a=5	b=15	c=10
5)	a=15	b=5	
6)	a=15	b=5	c=10

RESULTATS

30-45 punts: No ets gens vergonyós/a!! No tens cap problema a mostrar-te davant la gent tal com ets i això és tota una sort!

50-65 punts: Tens una mica de vergonya que hauries d'intentar perdre. Cal que confiïs més en tu mateix/a, que et deixis anar, i ja veuràs com tampoc és tan difícil!

70-90 punts: Tens un problema força seriós amb el tema vergonya. No confies prou en les teves possibilitats i això és la causa del problema. Tingues més autoestima i intenta fer un pas endavant per perdre la vergonya i superar-te!

COMENTARIS

0_____0
UllsDeRana
Perdre la vergonya, un dels meus grans objectius a la vida... És trist no ser ni capaç d'aixecar el braç a classe per preguntar al profe quan tens un dubte, només perquè tens a vint persones més escoltant-te... :((
Peetoons, adolescents <3

+12 -2

LoTengoTodoPaappii
Jsjjsjssjjs
Vergonya? ¿Qué es eso? ¿Se come??

+8 -2

;)) :D
AnnaaMarrannaa
55 punts! En realitat sóc conscient de que hi ha vegades en què em quedo supercohibida. A més em poso vermella de seguida i ho passo força malament :(A veure si publiqueu uns consells per superar la vergonya, que segur que em van superbé!! :D muuuaaa^

+14 -3

TEST: Ets egoista?

Mires només pel teu propi interès o també et preocupes pels altres? Ets una persona solidària o un garrepa que ho vol tot per a ell? Fes el test i descobreix si ets egoista o no.

1. **Quedes amb un amic/ga, us ve de gust comprar-vos un gelat però ell/a no té diners. Què fas?**
   a) Li dic que no pateixi que ja el/la convido jo
   b) Li deixo la pasta amb la condició que me la torni
   c) Sempre he d'acabar deixant pasta i després no me la tornen!!! Ja n'estic fart/a!

2. **T'enamores del xurri de la teva millor amiga/de la xurri del teu millor amic... què fas?**
   a) Estic segur/a que també li agrado... Li tiro la canya i que ell/a decideixi!
   b) No me n'aparto però tampoc apreto...
   c) Amb ell/a mai! Me'l trec del cap com sigui

3. **Ets a classe fent un examen i un company et demana que li xivis totes les preguntes, ja que no ha estudiat**
   a) Intento xivar-li alguna cosa...
   b) És el seu problema... Jo no m'arriscaré. La propera vegada segur que estudia més!
   c) M'arrisco per ell/a. No el/la puc deixar amb el cul a l'aire...

4. **Un amic/ga et demana que l'acompanyis a casa, que no vol tornar sol/a. Casa seva és a l'altra punta i no et ve de camí...**
   a) T'inventes qualsevol excusa per no acompanyar-lo... Et fa pal, i a tu tampoc t'agrada anar sol/a a casa i t'aguantes!
   b) L'acompanyes i fas més voltes que el Dragon Khan
   c) L'acompanyes un tros i després marxes cap a casa teva

5. Quan veig persones necessitades al carrer...

a) Em sap molt de greu però no hi puc fer res...
b) Penso en mi en aquesta situació i no m'agrada gens...
c) Intento ajudar-les, els dono el meu entrepà si fa falta i jo ja me'n compro un...

6. Amb els regals d'aniversari...

a) T'ho curres «a sac». T'agrada molt fer-ne!
b) La veritat és que fan molt de pal... Pensar-los, comprar-los... bffff
c) Pagues el que calgui a qui ho compra i fora problemes

PUNTUACIÓ

1)	a=15	b=10	c=5	**4)**	a=5	b=15	c=10
2)	a=5	b=10	c=15	**5)**	a=10	b=5	c=15
3)	a=10	b=5	c=15	**6)**	a=15	b=5	c=10

RESULTATS

30-45 punts: L'egoisme pur et corre per les venes. No fas res pels altres i només mires per tu. Mira de deixar aquesta actitud que només et perjudica. A la llarga la gent et veurà com un antipenya i sudarà d'estar al teu costat.

50-65 punts: Tens un punt egoista però podem dir que et trobes en la normalitat. Mires per tu quan et convé i de vegades et fa mandra fer coses pels altres. Intenta ser una mica més generós i pensar més en com se senten els altres.

70-90 punts: No ets gens egoista. Vius pels altres i això està molt bé. El teu altruisme t'ajudarà molt a la vida però cal que vigilis: hi haurà gent disposada a aprofitar-se de tu.

i TEST: Ets una persona orgullosa?

Alguna vegada t'han dit que ets una persona massa orgullosa? Penses que no ho ets? Respon sincerament a les preguntes d'aquest test i descobriràs com n'ets, d'orgullós/a! Ep, no val fer trampes, eh? Sinceritat màxima!

1. T'enfades amb un company de classe perquè no ha fet la seva part del treball en grup...

a) L'emprenyada et dura una estona però a l'hora del pati ja torneu a parlar.
b) Ja li val! Passaran uns quants dies abans no li torni a parlar!
c) Un cop li has dit el que penses torneu a estar de bon rotllo.

2. La teva germana t'ha dit que et passarà a buscar a les 10 h del matí per anar a algun lloc i es presenta a les 11 h i encara s'ha de planxar els cabells!

a) Li dius que aprengui a mirar l'hora i tot queda aquí
b) T'emprenyes i li fas morros una estona fins que ja torneu a estar bé
c) Més d'una hora tard? Està flipant aquesta, ara que marxi sola, jo no vaig amb ella, fa més d'una hora que m'espero!

3. Algú es descuida de felicitar-te pel teu aniversari.

a) Cap problema, tu tampoc el felicitaràs pel seu....
b) No passa res, tothom es pot despistar...
c) Penses que tu tampoc el felicitaràs, però saps que ho acabaràs fent...

4. Surts de festa i et trobes el teu nòvio/a i veus que ell/a balla amb algú altre...

a) Ep! Analitzes la situació per si de cas... Val, no passa res
b) Què fa? Busques algú també per ballar i esperes que et vegi ballant amb aquesta persona

c) A la que se separa d'ell/a vas cap allà i li dius «Tuuu, vine cap aquí» i li fots la llengua fins la campaneta

5. Li demanes a una amiga o a la teva parella que et vingui a veure a un festival de patinatge que fa molt temps que portes preparant... Però al final et diu que no li va bé, i no ve...

a) Et sap molt greu, t'emprenyes i tens claríssim que el proper cop que ell/a faci alguna cosa no hi aniràs. Que n'aprengui
b) Et sap greu però la vida continua. Ja vindrà un altre dia
c) Li fas morros un parell de dies fins que et passi l'emprenyada

6. La teva mare et fot la bronca perquè tens l'habitació feta caldo et demana que l'arreglis i us acabeu discutint.

a) Tot i que et fa molt pal, ho acabes fent per no sentir-la més...
b) T'emprenyes, acabeu discutint però li fas cas. Ara, a l'hora de sopar no li dius ni «mu» perquè estàs enfadat/a.
c) La discussió acaba amb un cop de porta i no surts de l'habitació fins l'endemà.

PUNTUACIÓ

1)	a=10	b=15	c=5	**4)**	a=5	b=15	c=10
2)	a=5	b=10	c=15	**5)**	a=15	b=5	c=10
3)	a=15	b=5	c=10	**6)**	a=5	b=10	c=15

RESULTATS

30-45 punts: Ets l'orgull en persona! Vols tenir sempre la raó i en les discussions sempre és l'altre qui acaba rebent. Tu penses que tens la raó i quan t'enfades, t'enfades molt. «Jo sóc així, noi, i si no t'està bé... t'aguantes!», és molt probable que pensis això. Ser orgullós/a no és cap inconvenient, però a vegades pensa que un excés d'orgull pot fer perdre la paciència dels altres!

50-65 punts: Ets orgullós/a, sí. Però també és veritat que hi ha gent que ho és molt més que tu. Quan t'enfades amb algú no ets d'aquelles persones que de seguida se'ls passa, però tampoc li faràs morros durant quinze dies seguits.

70-90 punts: No ets una persona orgullosa. Et pots enfadar o et pot saber greu un comportament determinat, però ràpidament oblides el que ha passat i no guardes rancor a ningú. Aprofita-ho perquè és una gran virtut!

COMENTARIS

Niinjaa98

0_o

50. De vegades el millor és empassar-se l'orgull ja que, per molt que ens pensem que som els millors o que sempre tenim la raó, potser no és així... Hem d'aprendre a acceptar i valorar les opinions o decisions dels altres, ja que per molt diferents de les nostres que siguin, també s'han de respectar!

+14 -2

Ta.tia.anna

:PP

Bueeno... m'ha sortit que sí que sóc orgullosa, bastant... :S No és que sempre vulgui tenir la raó, és que si la tinc, em defenso per demostrar-ho fins que aconsegueixo convèncer els altres... O, si m'enfado amb una amiga, què he de fer? Llepar-li el cul perquè ens oblidem del que ha passat? Doncs no... que se n'adoni que hi ha alguna cosa que no funciona bé i ja està!! Jo no ho trobo tan estrany... :/

+11 -9

i TEST: Com tens l'autoestima?

L'autoestima és un valor humà lligat a la confiança en un mateix! El grau de capacitat que tinguem per autovalorar-nos tindrà conseqüències en la nostra manera d'afrontar la vida. Com tens, tu, l'autoestima? Contesta les preguntes del test i obtén la resposta.

1. Cada dia quan em desperto i em miro al mirall penso...

a) Uff! Quines pintes! Quina mandra haver d'afrontar aquest dia
b) No mato, però miraré de reciclar-me... Si m'hi esforço, avui pot ser un gran dia
c) La vida és bonica, jo també i em menjaré el món que hi ha a fora

2. El volum de la meva energia depèn en gran part de:

a) El que pensin els altres de mi
b) El que em valorin els altres i em sàpiga valorar jo
c) Sentir-me bé amb mi mateix de forma general

3. Quan camino sol/a pel carrer...

a) Miro els altres i penso que les seves vides són millors
b) Em sento igual que els altres
c) Camino amb el pas ferm donant gràcies a Déu per ser tan guapo/a i simpàtic/a

4. Quan ens fem una foto amb els amics

a) Mai em veig bé. Sempre vull que la repeteixin
b) No acostumo a agradar-me, però que pensin el que vulguin
c) No la vull ni veure, ja sé que he quedat superbé! Quan em veig m'agrado molt

5. Quant temps dediques a arreglar-te?

a) El mínim. No m'hi miro gaire
b) No m'agrada marxar de qualsevol manera, però no més de l'imprescindible

c) Tardo molta estona. Demano mil opinions, em repasso mil vegades i em deixo com un príncep o princesa

6. Et consideres una persona segura de si mateixa?

a) No. Sempre vaig amb por!
b) Depèn del dia, el moment, la situació...
c) I tant! Trepitjo fort! Em puc equivocar, però sempre actuo amb moltíssima seguretat

7. Si arribes tard a classe, t'entrebanques i tothom et mira...

a) Em vull morir, em poso vermell/a com la sang i em poso a plorar
b) Et poses vermell/a, aixeques el braç i mig rient vas al teu lloc
c) Et poses a riure, fas broma de la situació i dius «això us pot passar demà a vosaltres»

8. Quan vas de compres amb els amics o amigues...

a) Vas perdut i no saps mai què comprar-te
b) Passes desapercebut i vas fent la teva
c) Portes la iniciativa, fas la ruta de botigues i et passes l'estona aconsellant

PUNTUACIÓ

1)	a=5	b=10	c=15	**5)**	a=5	b=10	c=15
2)	a=5	b=10	c=15	**6)**	a=5	b=10	c=15
3)	a=5	b=10	c=15	**7)**	a=5	b=10	c=15
4)	a=5	b=10	c=15	**8)**	a=5	b=10	c=15

RESULTATS

40-65 punts: Tens l'autoestima sota mínims, et sents l'aneguet lleig del grup i creus que els altres tenen una vida millor que la teva. Et sents deprimit i no saps què fer per sortir-ne. L'autoestima depèn de tu mateix! Fes un esforç per sentir-te millor! Fer esport et podria ajudar a reflotar l'ànim! No et desesperis.

70-95 punts: Tens la sensació de ser un més de la pila, en termes de ciclisme et trobaries immers al «pelotón». Tens dies de tot! Dies que penses que et sents molt bé amb tu mateix i altres que no tant! Si et cuides, t'entregues a tu mateix i t'hi esforces, la teva autoestima pot créixer i pots trobar-te en la puntuació següent. Creu en tu mateix, perquè vals la pena.

100-120 punts: Tens molta sort! Et sents molt bé amb tu mateix! T'agrada el teu cos i el teu caràcter. T'agrada prendre el lideratge de les situacions i tens autoconfiança! Saps autoadministrar la teva energia i no tens por de les situacions que et pugui plantar la vida. Tot i això, alerta! Tanta autoestima pot fer que et mostris com un fatxenda! No perdis mai la humilitat o projectaràs arrogància i cauràs malament.

COMENTARIS

Quindesastree...

:((

No em calia fer el test per saber el resultat, però l'he fet i l'he clavat... 45 punts, ole! No sé, estic superdesanimada amb tot, passo d'explicar-vos les meves penes perquè tampoc ningú me les podrà solucionar, però per la gent que tingui un resultat alt: valoreu-ho perquè no us podeu imaginar el que donaria jo per tenir bona autoestima!!

+5 -15

Yehheeey

^^

jujujuj 95 punts!! Tampoc és molt però estic contenta amb el resultat... Sempre hi ha cosetes de tu mateix que no t'acaben d'agradar i que et fan sentir malament i et baixen l'autoestima, però la qüestió és aprendre a valorar aquelles parts positives que totes tenim :) Àniiiimss! Petoonss :*

+14 -1

TEST: Sóc homosexual?

Hi ha una etapa de la vida en la qual la personalitat es va afinant i de vegades no saps ben bé si et va més la carn o el peix... Intentarem ajudar-vos a descobrir les vostres preferències amb aquest test d'Adolescents.cat.

1. Alguna vegada t'has imaginat una relació amb algú del teu mateix sexe?

a) Sí, i n'he tingut
b) Sí, però només l'he imaginat
c) No

2. La teva family o els teus amics t'han insinuat mai que ets homosexual?

a) Sí   b) Em diuen que sóc raret/a...   c) No

3. T'agraden...

a) Les persones del sexe contrari
b) Les persones del mateix sexe que tu
c) La manera de ser de les persones

4. Alguna vegada has fet un petó a algú del teu mateix sexe?

a) Sí... i la veritat és que em va posar/No, però m'agradaria
b) Sí, però va ser jugant
c) No i no m'agradaria

5. T'agradaria anar a un local gai?

a) Sí, m'hi trobaria a gust
b) Només per curiositat
c) La veritat és que tant me fa...

6. Has tingut fantasies amb algú del teu mateix sexe?

a) Sí, alguna vegada
b) Moltíssimes vegades
c) No

PUNTUACIÓ

1)	a=15	b=10	c=5
2)	a=15	b=10	c=5
3)	a=5	b=15	c=10
4)	a=15	b=10	c=5
5)	a=15	b=10	c=5
6)	a=10	b=15	c=5

RESULTATS

30-45 punts: El més probable és que no siguis homosexual. Generalment t'agraden les persones del sexe contrari.

50-65 punts: Tot i que pot ser que ho siguis, també pot ser que no... No té res de dolent ser-ho! Necessites aclarir les teves confusions i acabar d'afinar la teva personalitat. En aquest punt encara t'és difícil saber com ets.

70-90 punts: Hi ha una gran possibilitat que siguis homosexual. D'acord amb les teves respostes existeix un visible interès a nivell sexual i sentimental per les persones del teu mateix sexe. No t'enganyis, aclareix els teus sentiments i sigues tal com ets.

COMENTARIS

Markiii

02_04_95

Ooole! Molt bon test, jo sóc homosexual (oficial des de fa cinc mesos) i, tot i que ja sabia el resultat, he fet el test per veure què tal... i m'ha sortit un 90 jajajaj si em dieu que el més probable és que sigui homosexual, m'ho crec! ;D ;D

+3 **-3**

ai maaree...

:S :S

Pfff, lo que em faltava. Fa una temporada que porto això de l'homosexualitat pel cap però a casa meva no són molt... oberts, que diguem, així que ho intento oblidar i evitar. Només diré que he tret un 70 al test i que m'estic posant nerviosa :S

+26 **-3**

TEST: Ets «cotilla»? Comprova-ho!

T'agrada saber tots els secrets dels altres? Ets un/a investigador/a per naturalesa? No saps com però sempre ho acabes sabent tot? Ets un/a gossip girl per excel·lència?

1. Comences a sortir amb algú i saps ben poca cosa d'ell... què fas?

a) Li demanes que et parli d'ell
b) Investigues pel Facebook i el Twitter, les fotos que té, els seus gustos...
c) Si ho vol ja m'ho explicarà ell...

2. Mires l'informer?

a) No m'agrada gens... ja n'estic fart/a dels informers...
b) El miro per informar-me del que passa però mai he enviat cap missatge
c) M'encanta, hi estic enganxat/a i alguna vegada hi he participat activament

3. Els del costat teu del bus tenen una conversa força interessant...

a) Et poses l'ipod sense música i escoltes què diuen
b) Intentes escoltar-ho tot mirant pel vidre però et perds una part de la conversa
c) No és del meu interès el que diguin...

4. A un company teu l'han expulsat de l'insti i tothom es pregunta per què...

a) L'hi preguntes directament a ell
b) Ho preguntes a un amic seu
c) Si me n'he d'assabentar ja ho faré...

5. Creus que la teva germana té un noviet... què fas?

a) L'espies quan agafa el telèfon, intentes mirar si hi ha algun noi que li comenta massa l'estat al Facebook i investigues...

b) T'interesses una mica però tampoc massa

c) Si té nòvio i ho vol dir ja t'ho dirà

PUNTUACIÓ

1)	a=10	b=15	c=5
2)	a=5	b=10	c=15
3)	a=15	b=10	c=5
4)	a=15	b=10	c=5
5)	a=15	b=10	c=5

RESULTATS

25-40 punts: No ets gens cotilla, creus que si t'has d'assabentar d'alguna cosa ja ho faràs. Ets una persona reservada que respecta la intimitat dels altres. Si una persona et vol explicar una cosa ja ho farà perquè confia en tu.

41-50 punts: Ets una persona curiosa, t'agrada estar informat del que passa. T'encanta que la gent t'expliqui coses. Saps guardar bé els secrets que de debò importen i per això hi ha gent que confia en tu.

55-75 punts: Ets gossip girl/boy en persona. La informació és poder i tu en tens i molt. Tothom ja sap que ets el rei o la reina cotilla per excel·lència. VIGILA! Pot ser que per culpa d'això de vegades ja no vulguin ni confiar-te els seus secrets.

COMENTARIS

Nuuriisss

I<3blankito

Que si sóc cotilla diu...! Bueno, això diu el 99% de la gent del meu entorn, i és que no hi ha persona humana que no hagi passat per les meves inspeccions detectivesques... No hi ha rumor que no comprovi la senyora Núria :DD

+11 -5

TEST: Com n'ets, de sensible?

Adolescents.cat *posa el termòmetre a la teva sensibilitat! Com reacciones a les experiències més dramàtiques? T'emociones fàcilment? Què fas en certes situacions amb un grau elevat d'emotivitat? Descobreix-te una mica més responent al següent test:*

1. Quan veig el telenotícies i ensenyen desastres...

a) He de canviar de canal perquè no ho suporto.
b) Em toca la fibra, però és el pa de cada dia i em resigno.
c) Em provoca la mateixa sensació que un anunci de detergent.

2. Quan vaig al cinema a veure una pel·li...

a) Ploro fàcilment a les escenes més dramàtiques
b) No sóc de la llagrimeta fàcil, però després del film continuo una bona estona donant-hi voltes...
c) Estic més per les crispetes i per lligar amb la parella, que per l'argument

3. Quan sóc a un lloc públic i arriba un avi coixejant...

a) Li demano si necessita ajuda i li dono un cop de mà...
b) M'agradaria ajudar-lo, però tampoc m'ho ha demanat...
c) L'ignoro

4. Alguna vegada has plorat de felicitat?

a) Sí
b) No

5. Dedicaries part de la teva setmanada a apadrinar un nen?

a) Amb els ulls tancats
b) Prou feina tinc a mantenir-me jo

6. Com t'afecten els problemes dels altres?

a) Molt. Em poso fàcilment en la pell dels altres i m'hi implico tant com puc
b) Escolto els seus problemes i els dono algun consell, però me'n desvinculo
c) Els seus problemes són seus, jo tinc els meus

7. Quan veig un indigent pel carrer...

a) Li tiro una moneda i li desitjo molta sort...
b) Sento llàstima, però és el que hi ha
c) Ni els miro. Formen part del mobiliari urbà

8. Quan vas veure *El rei lleó* per primera vegada vas plorar amb la mort de Mufasa?

a) Sí
b) No
c) Sóc més de *Pocahontas*

PUNTUACIÓ

1)	a=15	b=10	c=5	**5)**	a=15	b=5	
2)	a=15	b=10	c=5	**6)**	a=15	b=10	c=5
3)	a=15	b=10	c=5	**7)**	a=15	b=10	c=5
4)	a=15	b=5		**8)**	a=15	b=5	c=10

RESULTATS

40-65 punts: Ets supersensible. Tens una ànima molt noble i t'emociones fàcilment. T'impliques en els problemes de terceres persones i ets certament solidari.

70-95 punts: Se't remouen les entranyes quan una situació nova, potent o dramàtica es situa a prop teu. Amb tot, ets capaç de fer el cor fort i aguantar la llagrimeta.

100-120 punts: Sents que tot t'afecta poc. Els teus sentiments són de pedra i intentes esquivar els moments de massa sensibilitat. Ets amant de la vida confortable i mires molt pel teu propi benestar.

COMENTARIS

Ruuruuu

^^

Algú ha dit sensible? Brrrff aquesta sóc jo... Sempre m'emociono amb qualsevol cosa, una pel·lícula romàntica, un llibre, fins i tot cançons... Està bé sentir emocions fortes, però això de posar-me a plorar per qualsevol cosa de vegades em fa passar una vergonya... vv' :(

+15 -2

Heiidii

iooloorеí!

Un 70 està bé, no?? Vaja, que tampoc crec que hi hagi puntuacions bones o dolentes, cadascú és com és, però la veritat és que sóc bastant forta i costa fer-me plorar... No m'agradaria pas ser una pava d'aquestes que a tot reaccionen amb llàgrimes.

+11 -7

:D D:

Hooolaa, doncs mireu, jo he tret un 110 però no considero que tot m'afecti poc, afectar-me m'afecta, però què hi guanyo per posar-me a plorar? Es soluciona el problema? Em donen diners? A que no... doncs llavors no val la pena. Aguantes, aguantes, aguantes fins que et passa i AKÍ NO HA PASADO NADA. Vinga, un petó a tooots! ;)

+15 -0

TEST: Ets un bon fan de Polseres vermelles?

És la sèrie de moda. Tothom en parla i fa unes grandíssimes audiències cada dilluns. La majoria dels adolescents d'aquest país embogeixen a cada capítol i els actors que interpreten els personatges de la trama han esdevingut estrelles mediàtiques! Ja saps si ets un bon fan de Polseres*? Contesta el nostre test per comprovar-ho.*

1. Com es diu el nou company d'habitació de la Rym que pateix leucèmia?

a) Joan　b) Àlex　c) Lleó

2. Amb qui sortia la Cris quan estava fent el curs de dansa a França?

a) Amb en Víctor　b) Amb en Jordi　c) Amb en Lleó

3. Qui va dir-li aquesta frase a la Cristina: «Quan tornis a ser dels Polseres, quan tornis a ser dels nostres, ja te la donaré (la polsera vermella)»?

a) En Lleó　b) En Jordi　c) En Toni

4. Quin és el tema principal de la banda sonora de *Polseres vermelles?*

a) Miquel Abras - *Herois del segle XXI*
b) Andreu Rifé - *Fil de llum*
c) Gossos - *Res tornarà a ser igual*

5. Qui va dir: «Si hi ha algú a dalt, el cabró un dia se les veurà amb mi! Que es prepari!»?

a) En Mercero
b) La Dra. Marcos
c) En Benito

6. **Qui va dir: «Només la gent que t'estima et pregunta si tens por»?**
   a) L'Eva
   b) La Rym
   c) La mare de l'Ignasi

7. **Quin encàrrec va fer-li en Benito al Lleó abans de morir?**
   a) Que tornés a unir els Polseres.
   b) Que lluités contra les retallades a l'hospital.
   c) Que cuidés molt la seva germana i el seu nebot.

8. **Qui estableix diàleg constant amb el fantasma de l'Ignasi?**
   a) En Jordi
   b) La Mariona
   c) En Dani

9. **Quin dia va estrenar-se la segona temporada?**
   a) El 22 de desembre de 2012
   b) El 7 de febrer de 2013
   c) El 14 de gener de 2013

10. **Què fan els Polseres per celebrar els 18 anys del Lleó?**
   a) Un sopar
   b) Una gimcana
   c) Un ball de parelles

PUNTUACIÓ

1) = a
2) = a
3) = a
4) = b
5) = c
6) = c
7) = a
8) = a
9) = c
10) = c

RESULTATS

1 a 4 punts: Suspès. Segurament no ets espectador habitual de *Polseres vermelles.*

5 punts: Aprovat. Has contestat bé la meitat de les preguntes. No deus haver vist tots els capítols de la sèrie, o simplement no hi pares prou atenció.

6 punts: Bé. Ets un espectador habitual, però tampoc et consideres un fan malaltís. Has contestat bé 6 de les 10 preguntes plantejades.

7 o 8 punts: Notable. Déu n'hi do! Segueixes cada dilluns la sèrie, oi? Es nota. Has errat molt poques respostes.

9 o 10 punts: Excel·lent. Ets un fanàtic de *Polseres vermelles* i ho has demostrat responent bé al major nombre de respostes possibles! Felicitats!

COMENTARIS

HolaQuèFas?
OlaKAse
Doncs no sé pas per què he fet el test si ja sabia jo que no en tenia ni idea... No sé si queda algú a la capa de la terra o sóc l'única, però admeto que no he vist Polseres vermelles. M'ho hauré de replantejar... :/

+11 **-5**

MiiKeleraa
wapos tots<3
Yeheeee 9 punts, qué ama!! Crec que en totes les dues temporades només m'he perdut un capítol, que deu ser el de la pregunta que he fallat...

+11 **-5**

Heeeysexylady
Op, opp, opp
Que fort... hahah jo tampoc he vist mai la sèrie, no miro la tele, però he tret un 7 del test, i sabeu com? Perquè l'endemà que fessin un capítol per TV totes les meves amigues es posaven a comentar-lo a l'hora del pati i me n'enterava de tot... :P :P

+11 **-5**

TEST: Quines són les teves capacitats artístiques?

Creus que pots ser un bon cantant? O potser un actor o actriu reconegut? Et mors de vergonya quan trepitges un escenari? Descobreix quines són les teves capacitats artístiques i mira quin és el teu talent ocult!

1. Al teu programa de ràdio preferit regalen entrades del grup que més et mola... què preferiries fer?

a) Cantar una cançó del grup
b) Explicar-los un acudit
c) Res... aixx... quina vergonya!

2. Decidiu fer una actuació de final de curs amb els de la teva classe... què proposes?

a) Fer un ball on participi tothom
b) Muntar un concurs de karaoke
c) No proposo res... realment em fa pal fer una obra o alguna cosa...

3. El teu primer debut dalt l'escenari...

a) Va ser a P3 fent d'arbre
b) No me'n vull ni recordar... l'he esborrat de la ment
c) Va ser el dia de Nadal cantant caramelles

4. Gaudeixes com un camell...

a) Quan vas al cine a veure l'actor/actriu que t'agrada
b) Quan sóc a casa davant de l'ordinador
c) Quan vaig a un concert del meu grup preferit

5. Quan estic sol/a a casa...

a) Em poso la música a tot drap i començo a ballar
b) Canto a la dutxa fent veure que tinc un micròfon davant
c) Xatejo fins que em fan mal els dits

PUNTUACIÓ

1) a=10 b=15 c=5
2) a=15 b=10 c=5
3) a=15 b=5 c=10
4) a=15 b=5 c=10
5) a=15 b=10 c=5

RESULTATS

25-40 punts: No tens les teves capacitats artístiques massa desenvolupades. De vegades et fa vergonya fer alguna actuació en públic i els nervis se't mengen per dintre. Tot i així quan estàs sol a casa o amb els teus amics més íntims no tens problemes per fer el tonto.

45-60 punts: Tot i que et conformes a cantar a la dutxa et molaria estar dalt de l'escenari amb els One Direction, cantar una cançó amb els Lapsus i interpretar un tema amb Taylor Swift a cappella! Ets un/a sing star!

65-75 punts: A tu et va el teatre!! T'encantaria ser un dels protagonistes de la sèrie de moda de la TV. Fer-te famós fent una pel·li al cine amb aquell actor/actriu que tant t'agrada. Fer-vos un petó, construir un final feliç i menjar un anís.

COMENTARIS

Jorrkii
I<3U
65 poiiintss! Tant com ser actriu no, tampoc ho he intentat però no m'imagino... Ara, sí que és veritat que m'agrada pujar a un escenari i fer alguna cosa! Sempre que a l'insti necessiten algú per fer espectacles de final de curs o així m'apunto inssiguidaa :D

+8 -1

singasong
:3 :3
Ziiii, vull cantaaar... Pujo covers a Youtube des de fa dos anys, toco la guitarra i el piano, i vaig a classes de coral twice a week! I tinc un 50 al test, que genial ^^ Ah, i no em conformo amb cantar a la dutxa eeh!! Jajjaja

+21 -8

TEST: Series un bon famós?

Sudaries dels teus fans o els faries la pilota? Quin tipus de famós series? Descobreix si portaries bé la fama segons el teu caràcter o bé et perjudicaria massa...

1. Tens 3 capses plenes de cartes dels teus fans... què fas?

a) Te les intentes llegir totes... però és impossible
b) Les deixes al garatge amb les altres 10 que tens per obrir...
c) Te les llegeixes absolutament totes i intentes contestar-les

2. Tens una cita romàntica i apareixen unes fans... què fas?

a) Quina merda.... nooo... si us plau! Demanes als cambrers que no les deixin passar
b) Et fas una foto amb elles
c) Aguantes tot el que faci falta i les convides a seure amb vosaltres

3. Els teus fans han descobert l'hotel on t'estàs i t'esperen a la porta

a) Surts per la porta del darrere
b) Baixes a saludar-los
c) Fas vida normal, no negaràs cap foto ni autògraf...

4. Et demanen de fer una entrevista just el dia que tens dinar familiar...

a) Que bé! Així me'l salto!
b) Demanes que l'entrevista sigui un altre dia
c) Dius que no pots fer l'entrevista

5. Un grup de paparazzis són a la porta de casa teva esperant que surtis...

a) No t'agrada gens la idea i els demanes intimitat
b) És la seva feina, quin remei
c) Poses per a les fotos i parles amb ells

PUNTUACIÓ

1)	a=10	b=5	c=15	**4)** a=15	b=10	c=5
2)	a=5	b=10	c=15	**5)** a=5	b=10	c=15
3)	a=5	b=15	c=10			

RESULTATS

25-40 punts: Series un famós superesquerp amb els teus fans... Et ratllaria molt que la penya estigués pendent de la teva vida i no et molaria gens que tothom fiqués el nas a les teves intimitats. La teva vida és teva i no vols que ningú més sàpiga què fas!

45-60 punts: El teu perfil és de famós superenrotllat! Ni massa plasta ni poc amable. La gent t'estimaria per com ets i els encantaria fer-se fotos amb tu i que els firmessis autògrafs.

65-75 punts: Tothom ho sabria tot de tu, no tindries intimitat! Sempre estaries acompanyat per les teves fans allà on anessis i et podries acabar atabalant per molt xulo que fos al principi...

COMENTARIS

ImissU

:'((

Una petita reflexió: tothom (en general) vol ser famós, tenir fans, paparazzis, signar autògrafs... I fixeu-vos un segon en els famosos de veritat. Fugen dels fans, dels paparazzis, de tot aquell qui donaria qualsevol cosa per estar un minut amb ells... Alguna cosa falla. I no, no vull ser famosa :)

+9 -12

TwoDirections

:P!!

Doncs a mi sí que m'agradaria ser famosilla! Que la gent parli de tu, que et demanin una foto quan camines pel carrer... Ha de ser molt guai!! I crec que ho faria prou bé, ja que he tret un 50 al test... Quan vulgueu em podeu fer famosa ja ^^

+21 -8